牛乳カンパイ係、田中くん

捨て犬救出大作戦！ユウナとプリンの10日間

並木たかあき・作
フルカワマモる・絵

集英社みらい文庫

田中食太
5年1組の牛乳カンパイ係。
給食マスターとして奮闘中。
増田先輩
田中くんあこがれの先輩。
6年1組の天才給食マスター。
鈴木ミノル
田中くんの親友。
田中くんのおかげで
牛乳好きに…。
難波ミナミ
大阪出身の元気な女の子。
実家は「難波食堂」。
大久保ノリオ
5年1組の恐怖の大王。
よく鼻毛がでている…。

三田ユウナ
みんなに気配りできる
しっかり者の委員長。
公園で捨て犬を
見つけて…。
飛田
ジュンタロウくん
ドッジボールが好きな
4年1組の男の子。
RINO
菅沼田リノちゃん
ユウナの友だちで一緒の
習いごとをしている。
プリン
公園に
捨てられていた子犬。
多田見
マモル先生
5年1組の担任。
生徒たちをただ見守る
やさしい先生。
御石井小学校のメンバー

もくじ

捨て犬救出大作戦！ユウナとプリンの10日間

1杯目　ユウナの様子がおかしいぞ

「いた〜だき〜ます！」

「「「いた〜だき〜ます！」」」

あいさつを終えても、日直のオレは、自分の席へと戻らなかった。

今日の5年1組には、オレが日直の日だけの、特別なイベントがあったから。

その名も、『牛乳カンパイ係、田中　牛乳がぶ飲み対決』！

クジであたったクラスのひとりが、牛乳がぶ飲みの一騎うちで、オレと戦うっていうイベントなんだ。


「おまえらぁ、ちゅうもーく！」

クラスのみんなはいっせいに、緊張した顔つきでオレを見た。

今日は自分がクジにあたるかもと、いまから始まるオレとの『牛乳がぶ飲み対決』を前に、みんなドキドキしていた。

オレはポケットから、大量のあるものを、教室の空高くばらまいた。

教室にバラバラと降りそそぐ、たくさんの牛乳キャップ。

すばやく右手にハシを持つと、目をつぶった。

「今日の対戦者は……っ」

目をつぶったまま、降ってきた牛乳キャップのうち、1枚をさっとつまみあげる。

この牛乳キャップには、クラス全員の出席番号が書いてある。

牛乳キャップの裏面にあった数字は、11。

そうか。今日、オレと戦うのは……。

「出席番号11番っ、鈴木ミノルだ！」

みんなの視線が、ざざっとミノルに集中した。

「えーっ、ぼ、ぼ、ぼくっ？」

クラスのみんなの歓声に押されて、ミノルは黒板の前までやってきた。

気づけば、みんなの手拍子で、教室はいっぱいになっている。


パン・パン・パン・パン！

パン・パン・パン・パン！


「よ、よーし。負けないぞ！」

気合いをいれたミノルは、牛乳ビンをマイクのように持った。

ミノルは、みんなの手拍子が響く中、童謡『うさぎとかめ』のメロディに合わせてこんなふうに歌い始めた。

♫もっしもっし、田中〜　田中くん
クラスのうちで田中ほど
がぶ飲みの速い　ものはない
どうしてそんなに　速いのか〜♫

これを聞き、オレも替え歌でうけて立つ。

♫♫な～んとおっしゃる　ミノルくん
そんなら　ミノルと　飲みくらべ
ミノルは１本　オレら本
どちらが先に　飲み干すか～♫♫

「えー、なんだって！」

歌を聞いたクラスのみんなが、ざわざわする。

「今回のハンデは、４本差だってさ！」

「そんなんじゃ、さすがの田中も負けちまうんじゃねーかなっ？」

オレとミノルの『牛乳がぶ飲み対決』に、クラスみんながもりあがっていた。

中にはどちらが勝つのか、給食のデザートにでたゼリーをこっそりとかけている男子たちもいた。

黒板の前のミノルとオレは、真剣な顔で目を合わせる。

クラスのみんなは大きな声で、試合開始の合図をくれたんだ。

「「「3・2・1！　スタート！」」」

いくぜ！

まずは1本、オレは軽〜く、ゴクゴクゴクッと牛乳ビンを空っぽにする。

横にいるミノルをチラッと見れば、ゆっくりだけど確実に、少しずつ牛乳を飲んでいた。

ミノルが全力でオレと戦ってくれていることが、うれしかった。

ミノルは今年、オレたちのクラスに転入してきた。

そのときには牛乳がきらいで飲めなかったから。

けれども「牛乳を飲めるようになりたいんだ」と『牛乳カンパイ係』のオレに相談をして、牛乳を飲めるようになっていた。

それ以来、オレとミノルは、ずっと一番の友だちなんだ。

「ふたりとも、がんばれ〜！」

クラスのみんなは、オレたちの戦いから目がはなせない。

牛乳ビンを持つオレとミノルは、ときどきチラチラとおたがいを見た。そして「自分が勝ってやるんだ」と、どんどん牛乳を飲みつづけた。

「いけ！　ミノル、いいペースだ！」

「おおっと、速い！　田中がさいごの1本を飲み始めたぞ！」

ミノルには悪いけど、真剣勝負に、なさけはよけいだ。

ゴクゴクゴクゴクゴクッ！

オレはさいごの1本を飲み干し、空っぽの牛乳ビンを高くあげた。

それからたくさんの牛乳の重さを腹の中に感じながら、こんなふうに叫んだんだ。

「オレのおなかは、はてしない牛乳の大海原だ！」

オレが飲み干したのを見て、クラスのみんなは大きく拍手をしてくれた。

そのすぐあと、ほんの少しの時間差で、ミノルはやっと飲み終えた。

ドッパーン

「あー、負けちゃったかぁ！」

ミノルは残念そうな顔を見せたけど、クラスのみんなはミノルにも、オレと同じくらいの大きな拍手をしてくれていた。

「さすがに4本差だったら、田中くんに勝てると思ったのに。もうちょっとだったよ。残念だなぁ」

ミノルは牛乳を飲みきってうれしそうだったが、あとちょっとでオレに勝てそうだったからか、少しだけくやしそうにも見えた。

「いいじゃないですか、ミノルくん」

いつもにこにこクラスを見守ってくれる多田見マモル先生が、ミノルに声をかける。先生は、さっきの『うさぎとかめ』の歌を頭にいれながら、こんなことをいったんだ。

「うさぎのスピードですばやく飲む牛乳も、たしかにおいしいです。が、亀のスピードでゆっくり味わって飲む牛乳も、やっぱりおいしいんだと、先生は思いますよ」

先生があまりにもにこにこと告げるものだから、給食の時間の教室はほわんとした空気でいっぱいになった。

よし、今日の給食も楽しくなりそうだぜっ。

と、安心したオレが自分の給食班に戻ると。

「……あーあ、どうしよう」

同じ給食班の三田ユウナが、小さく、困ったような声をあげているじゃないか。

どうしたんだろう？

クラスのみんなが楽しそうに食べ始めているのに、クラス委員長のユウナにだけは、なぜだか元気がなかったんだ。


ユウナの異変に気づいたオレは、同じ給食班で給食を食べながら、しずかに様子をうかがうことにした。

ユウナは勉強のできるまじめな女の子だ。ときどきまじめすぎて変なことをいうときもあるけど、やさしくて、みんなからたよりにされている。

同じ給食班のミノルが、ユウナに声をかけた。

「いやぁ、さっきの『がぶ飲み対決』で、田中くんに勝ちたかったよ！」

聞いているのかいないのか、ユウナの返事がない。

「ねぇ、もしもユウナちゃんが『がぶ飲み対決』にでるとしたら、何本くらいのハンデで田中くんに勝てるかな？」

「…………」

「あれ？　ユウナちゃん、聞いてる？」

「ん？　あ、ごめん。ミノルくん、なんの話だっけ？」

給食を食べ始めても、ユウナはうわの空だった。食器の食べ物を、ハシでうまくつまめないほどだった。食べる量も少なかった。うわの空すぎて、牛乳をビンの口からスプーンですくおうとしていたときには、さすがにとめた。

ぼーっとしているというか、なにか他のことが気になっているというか……。

「なぁ、ユウナ」

さすがに心配になったオレは、なにか悩みでもあるんじゃないかと、ユウナに直接聞くことにした。

クラス委員長のユウナは、みんなからたよりにされている。

だからこそ、自分が困ったときに、なかなか誰かにたよることができないんじゃないだろうか？

そんな心配もあったんだ。

「今日、ユウナなんか変じゃない？」

「えええっ、ひどいよ田中くんっ」

「ん？　ひどい？」

どうやらユウナは、オレの言葉を勘ちがいしたみたいだ。

「わたし、変なひとじゃないよ！」

「へ？」

「だってね、田中くん。変なひ

とっていうのはさぁ」

いいつつユウナは自分のメガネを、サングラスみたいにおでこにかけた。

「たとえば、こういうひとのことをいうんだよ」

それから「メガネ。メガネ」「どこかな、メガネ」と、机の上をさがすフリをしてふざける動きを、とてもまじめにして見せた。

おでこのメガネをかけなおしてから、堂々という。

「ねっ？　こういうのを、変なひとっていうんだよ」

……ユウナ？

わざわざいわないけど、いまのおまえ、ものすごーく変だったぞ。

「いやいや、そういう意味じゃなくてさ。ほら、ぼーっとしてるっていうか」

けっこう真剣に、聞いてみた。

「なんか悩みとか、困りごととか、あるんじゃないのか？」

「ううん。だいじょうぶだよ」

とてもだいじょうぶな感じには見えないんだけど？

「そっか。だったら、まぁ、いいんだけど……」

本当に、そうかなぁ？

あんまりしつこいのもよくないと思って、オレはそれ以上聞くのをやめた。

＊

「ミノル、ユウナ、一緒に帰ろうぜ！」

その日の帰りの会が終わって、いつものようにふたりに声をかけた。

すると横から、からかいの声がかかったんだ。

「あーっ！　田中がユウナを、デートにさそってるで！」

声の主は、難波ミナミだった。

大阪出身のミナミの両親は、近所で人気の定食屋『難波食堂』をやっている。ミナミ本人も料理がとくいで、オレのライバルを名乗っている。くさいにおいをかぐと、びっくりするほど不機嫌になるという、ちょっと変わったとくちょうがミナミにはあるんだ。

「お、お、おい、ミナミ」

オレはあわてた。

「デートとかいうのはやめろよっ」

さいきんはクラスの中でも、「あー、○○のことが好きなんだろー」とか、そういうからかいが増えてきた。

オレはそういうのがにがてだから、ちょっとでもからかわれると、坊主頭がゆでだこみたいに耳まで真っ赤になってしまう。

「い、一緒に帰ろうぜっていっただけで、そ、そ、それはデートとかじゃなくて……」

とゆでだこみたいになっていいかえすオレの腕を、ミナミはガッとひっぱった。

え？

ユウナやミノルからオレを遠ざけて、ひそひそとささやいたんだ。

「じつはな、うちも気になっててん」

ミナミはまじめな顔でつづけた。

「今日のユウナ、なんか変なんや。女子の間でも、みんな心配しとる」

「……やっぱり、そうだよな」

オレの顔はあっという間に、ゆでだこから、まじめな坊主頭に戻った。

「いちおういっておくけど、イジメとかそういうんはないで。みんなユウナをたよりにしとるし、イジメられてるわけがない。そもそも、もし万が一そんなことがあったら、うちがとっくにそのイジメっ子にイチャモンつけとるわ」

どうやらミナミは、オレをからかうふりをしながら、ユウナを心配していたようだ。

「田中とミノルは、ユウナと帰り道が一緒やもんね？」

小さな声だけれど、はっきりとたのまれた。

「ユウナの様子、見たってや」

ミナミも本当は気になっているけど、今日は家の食堂の手つだいがあるから、どうしても一緒には帰れないんだという。

「おう。オレに、まかせとけ！」

オレは大きくうなずいた。

ユウナ、ミノル、オレの3人で、校庭を歩いて、校門にむかう。

ミノルは、あいかわらず楽しそうにしゃべっていたけど。

「あー、算数の宿題が終わる気がしないよ」

「そうだよねー」

「多田見先生っていつもにこにこしてるけど、宿題はすごく多いよね」

「そうだよねー」

ユウナは、あいかわらずうわの空だった。なんとなく、ユウナははやく家に帰りたいのかな、というふうにも見えた。

オレはふたりのうしろから、ひとりで腕を組んで考える。

ユウナは、給食を食べるのもうわの空になるほど、なにを悩んでいるんだろう？

ミナミの話では、クラスの中に問題はなさそうだった。

じゃあ家でのトラブルかなとは思ったけれど、ユウナは両親とも仲がいい。そりゃ親とちょっとしたケンカくらいはするだろうけど、それで給食が食べられなくなるほどぼーっとすることはない。

あれこれ考えながら、オレはゆっくりと歩いていた。

だから、先をいくミノルとユウナとの間には、ちょっと距離ができてしまった。

ちょうど、体育倉庫の横を通ったときに。

「うーん、困ったなぁ」

あまりにも考えすぎていて、自分でも気がつかなかったんだけど、どうやらひとりで声をだしていたらしい。

「友だちが悩んでいるはずなのに、どうしていいかわからないなんて……」

「そんなに考えこむことはないのだよ、田中くんっ！」

「あっ！　こ、こ、この声は……増田先輩っ」

突然、増田先輩の声が聞こえたんだ。

「田中くんが友だちを思うその気持ちに、ぼくはとても感動した。なんてすばらしい友情なんだろう！　**ふはははははははははは。はは。は。はっ。げふん。げふっ。げふんっ**」

増田先輩は、オレがあこがれている天才・給食マスターだ。給食マスターっていうのは給食の神様みたいな存在で、増田先輩は世界をまたにかけて活躍をしている。

いつだって増田先輩は、いつ、どこから登場するのかわからない。あと、わらいすぎてよくせきこむ。

「先輩、どこですかっ？」

いまだって声だけはするんだけれど、姿はどこにも見あたらないんだ。

「どこにいるんですかぁ？」

「ぼくは、ここさっ！」

ゴゴゴゴゴゴゴゴッ！

次の瞬間、オレの真横の体育倉庫の２枚の扉が、ゆっくりと動く自動ドアみたいに、ゴゴッとひらき始めたんだ。

「味気ない世界に、給食を！」

「あっ、田中くん！　増田先輩だよ！」

先を歩いていたミノルたちも、あわてて戻ってきて声をあげた。

「……って、先輩。なにしてるんですかーっ！」

増田先輩!

戻ってきてすぐ、ミノルが指をさしておどろいた。

重い扉のひらいた体育倉庫からゆっくりとあらわれた増田先輩は、サーカスの玉乗りみたいにして、横に転がした大きな満タンの牛乳ビンに乗っていたんだ。

器用に両足でバランスをとりながら、横にしたビンに乗ったまま、体育倉庫から堂々とでてくる。

「先輩、なんですかっ。その大きな満タンの牛乳ビンはっ？」

「なにって、キミも知っているじゃないか。ミルク・カーの燃料さ」

増田先輩はマントをひるがえしながら、「とうっ」と大きな牛乳ビンから飛びおりた。

空中で3回転してから、スタッとあざやかに着地を決めた。

「捨てるしかなくなった牛乳を、体育倉庫に置かせてもらっていたのだよ」

ミルク・カーってのは、世界的に有名な自動車会社『MASUDA』がつくったスーパー・カーだ。増田先輩のおじいちゃんが、社長をしているんだって。捨てるしかなくなってしまった牛乳を燃料にして動く、食べ物をムダにしないエコな車なんだ。

……あ、待てよ。

増田先輩に会えれば、きっとユウナも元気になってくれるぞ！

だってユウナは、先輩があらわれると目がハート形になってしまうくらいに、増田先輩の大ファンなんだから。

オレはユウナを見た。

「……あ。増田先輩。こんにちは」

おどろいた。増田先輩としゃべるユウナは、礼儀正しくおじぎをしただけ。

おちつきすぎだ。やっぱりユウナは、いつもとちがう。

「ユウナちゃん」

ここで増田先輩は、軽やかにユウナに近づくと、真剣に語りかけた。

「心配をかけたくないのはわかるが、教えてくれ」

なんと、天才・給食マスターの増田先輩にはすべてお見通しだったようだ。

「給食の時間に、あそこまで食べていないユウナちゃんを、ぼくは初めて見たよ」

「えええええっ、増田先輩！　ぼくたちのクラスを、どこから見てたのっ？」

ミノルが声をあげたが、オレは「しーっ」としずかにしてもらった。

「なにか、トラブルをかかえているよね？」

「あ、いえ、あの……」

ユウナはどう返事をしたらよいかわからないという感じだ。

「いいたくないのなら、いわなくったってかまわない。でもね、もったいないよ」

「もったいない？」

増田先輩はマントをひるがえしながら、オレのことを手のひらで示したんだ。

「キミのことを心配してくれる友だちが、こんなに近くにいるのになぁ」

「田中くん……。でもね、給食の悩みじゃなかったから、田中くんに相談するのも悪いかなぁって思っちゃったんだよ」

「そんな、えんりょするなよ」

「そうだよ。ぼくもなにか手つだうよ」

ミノルもにこにこと加わる。

「うん、じつは……」

増田先輩のおかげで、ユウナはやっと、かかえていたトラブルをうちあけてくれたんだ。

「犬が、なにも食べてくれなくて困っているの」

「へぇ、それはたいへんだね」

ミノルは心配そうにしていたが、オレはちょっと首をかしげた。

「……どういうことだ？」

ユウナが犬を飼っているなんて話は、一度も聞いたことがない。

「おねがいっ。助けて、田中くん！」

*

オレはてっきり、ユウナは自分の家で犬を飼っているんだとばかり思っていた。

けれども。

「犬は、こっちにいるんだ」

ユウナは、校門とは反対の方向へと戻っていく。

「みんな、ついてきて」

そうして、学校の裏庭に、オレたちをつれていった。

「裏庭なんか、ふつうはまずこないよねぇ」

ミノルも首をかしげている。

「本当は、一回家に帰ってから、放課後に待ち合わせる約束だったんだけど……」

「待ち合わせ？　ぼくたちの他に誰かくるの？」

ミノルの質問にこたえる前に、ユウナは「あ！」と声をあげた。

「リノちゃん！　きてたんだ？」

「うん」

菅沼田リノちゃんは、最近になって御石井小学校に引っ越してきた5年生で、ユウナの友だちだそうだ。

「わたし、心配でね。田中くんたちに相談して、きてもらったの」

「わたしもユウナちゃんと一緒だよ。心配できたんだ」

話を聞くと、ふたりは昨日習いごとの帰り道に一緒にあそんでいたときに、公園で犬が捨てられているのを見つけたんだそうだ。

ところが、ユウナの家でもリノちゃんの家でも、動物を飼うことができないらしい。

「パパもママも、うちで生き物を飼うことには反対なんだ。わたし、前にも動物を飼いたいって話したことがあるんだけど」

ユウナは残念そうにつづけた。

「いつだって『ちゅうとはんぱな軽い気持ちで、生き物を飼ってはいけません!』って、ペットを飼うことを許してくれないの」

「なるほどなぁ」

うしろで聞いていた増田先輩はうなずいてから、こんな質問をした。

「で、ユウナちゃん。リノちゃん。その犬は、いったいどこにいるのかな?」

「あ、ここです」

と、ユウナはしゃがみ、低い木のうえられたかきねの中に声をかけた。

「おいで、プリン。おいで」

「あああああっ」

「どうした、ミノル？」

「だってさ、田中くん！」

ミノルは大きな勘ちがいをしたみたいで、ものすごくあせっていた。

「田中くん、たいへんだよ！　ユウナちゃんが、かきねの中に声をかけてるよ！」

ミノルはオレに助けを求めた。

「これは、オバケだよ！」

「へ？」

「きっとユウナちゃんにだけ、オバケが見えているんだよ！」

「ミノルくん、それはちがうよ」

ミノルの勘ちがいがあまりにもしょうもなかったので、心の中でオレは大きく、リノちゃんの声にうなずいた。

「こっちにきて、よく見てよ」

ミノルの勘ちがいに少し困った顔のリノちゃんがいうとおり、かきねの奥をよく見ると

……。

そこには、背中の茶色い、白い子犬がいたんだ。

プリンと呼ばれたその犬は、不安そうな目でオレたちを見あげている。

呼ばれた子犬はオレたちをけいかいしていたんだけど、しゃがんだユウナとリノちゃんの足もとへ、トコトコトコと近づいた。

「プリン？　この犬、プリンっていうのか？」

「「うん！」」

ふたり同時に返事した。

丸くなって寝ているときの茶色と白の体の色の感じが、なんとなくお皿にのせたプリンに似ているからと、ユウナとリノちゃんとで昨日、名前を決めたらしい。

「昨日習いごとから帰るときに、公園の横を通ったんだ。そのとき、なにかの声が聞こえたの。怖かったんだけど気になっちゃって、ビクビクしながらそーっと近づいたら、段ボール箱にはいった、この子犬がいたんだよ」

プリンをだっこしてから、ユウナはとびっきりの笑顔になった。

ところが、すぐに、笑顔が消える。

「この子は……」

ユウナはプリンのことを、「この子」と呼んだ。

「捨てられてたんだ」

見つけたふたりで、ひとまず学校に保護したのだという。

「こんなに小さい犬を捨てるなんて、本当にひどいと思うんだ。生き物なんだよ？　こんなにかわいい子を捨てるなんて、わたし、信じられないよ。それにね、プリンは……」

ユウナはつづける。

「公園で見つけたときから、ちょっと弱っている感じなんだ。だから心配だったの。かわいた粒のドッグフードもおこづかいから買ったんだけど、食べないの。だから、ものすごく困っちゃってて」

ユウナはプリンのことが心配で、いつもとちがってうわの空だったみたいだ。

ここでミノルがつぶやいた。

「捨て犬かぁ。飼い主が、いたはずなんだよね」

「うん。でもね、首輪もないし、連絡先がわからないの」

そうか。

家で飼うこともできないから、学校の裏庭で犬の世話をしていたのか。

「おい、ユウナ。そんなの、相談くらいしてくれたらよかったのに」

「そうだよ、ユウナちゃん。悩んでるときの気持ちって、話すだけでも軽くなるよ」

オレたちの言葉に、ユウナは首をふった。

「だって、田中くんはあこがれの給食マスターになったばかりじゃない？」

ユウナは、オレの胸のバッジを見ている。

このバッジは、給食マスターしか持てないもので、オレが父さんから受けついだ、大事な宝物だ。

「そんなたいへんなときに、給食に全然関係ないことを相談するのも悪いもん。ミノルくんに相談しても、田中くんに伝わっちゃうでしょ？」

「まぁ、そりゃそうだけど」

まじめなユウナは、オレにだいぶ気をつかってくれていたみたいだ。

うれしい気持ちもあるけれど、困ったときには相談くらいしてくれよ、とも思った。

「あーあ、でもなぁ」

ユウナはまた、思いつめたようにため息をついた。

「わたし、この子を、飼いたいなぁ」

すると。

「なぁ、田中くん」

ずっとだまって話を聞いていた増田先輩が。

「給食マスターの先輩として、キミに命じる。『プリンを飼いたい』というユウナちゃんの悩み……」

真剣な表情でこういった。

「給食マスターとして、
キミが解決したまえ」

「……へ？」

びっくりした。

そりゃオレはユウナの力になりたくて、悩みを聞いたつもりだった。

それは元気のない友だちを心配しているってことだから、正直、給食マスターはまったく関係ないんじゃないかな？

友だちとしてユウナの力になりたい。

けれども、増田先輩は「給食マスターとして」解決しろといっている。

どういうつもりで先輩がそんなことをいっているのか、オレにはまったくわからない。

「先輩、どういうことですか？」

「田中くん、『食』とは毎日必要なものだよね？」

「え？」

話が犬から急にはなれて、オレはますますおどろいた。

「あ、はい」

「ぼくたちには、給食がある。毎日のお昼ごはんを、栄養の先生や調理員さんがいっしょうけんめい考えてつくってくれている。そういう毎日の愛情も、ぼくたちの体にはいり、ぼくたちを育ててくれているのだとぼくは思う」

オレはゆっくりうなずいた。

「では、田中くん。動物は、どうかな？」

「え？」

動物と給食に関係があるとは、オレにはどうしたって思えなかった。

「ペットのことを、家族の一員として大事にあつかう家も、いまでは多い。そしてペットのような動物は、毎日、誰かが世話をしなくては生きていけない。そうだね？」

「はい、そうです！」

オレより先に、プリンをだっこしていたユウナが返事した。

「思いやりや愛情のはいった『食』で生きているという点では、人間も動物も大きな差なんかないのだよ」

「思いやりや愛情のはいった『食』で生きている、ですか？」

「ああ、そうさ。今回の件は、人間か動物かという点がちがうだけ。毎日の『食』という、給食マスターが真剣に考えるべき大事なポイントは、同じなのさ」

先輩は、きっとものすごくレベルの高い話をしているんだと思う。

「……なるほど」

とは、オレはいちおういったけれども……。

先輩の話はむずかしすぎて、じつは、あんまりよくわからなかった。

それでも、とにかくユウナがいつものユウナに戻ってくれればいいと思っていた。ユウナに協力をしたいと考えていた。

「田中くん、さらにいえばね」

バサバサッ。

ユウナの視線をさえぎって、増田先輩はマントを広げた。

マントにかくれて、ナイショ話を始めた。

「捨てられてしまった犬を『飼いたい』とユウナちゃんはいっているけれども」

とても真剣な声だ。

「もしも飼えなかった場合、この捨て犬がどうなってしまうか、わかるかい？」

「……あ。ひょっとして」

オレには予想がついた。

命を落とすことになる。

けれども、それはあまりにもつらいことなので、オレは声にだしてこたえることができなかった。

「それにね、ユウナちゃんがこの子犬の件で真剣に悩みすぎると、給食やおうちのごはんを食べなくなるほどおちこんでしまうんじゃないかという心配も、ぼくはしているのさ」

増田先輩のこの言葉を聞いたこのとき。

オレの頭の中には給食皇帝が浮かんだ。

給食マスターの中で一番えらい給食皇帝は以前、すっかり食欲をなくしてしまい、ごはんを食べられなくなったことがあった。

あのときはなんとか解決できたけれども、食欲がなくなったひとに無理なく食べてもらうことは本当にたいへんなことなんだなと、オレは強く思ったんだ。

最悪の場合なんて、オレだって考えたくない。

もしもまじめなユウナが、やさしいからって、大きすぎる責任を負ってしまってはたしかにまずい。オレは今日の給食の時間のユウナを頭に思い浮かべながら、増田先輩の先を読む力に感心した。

それにさぁ。

いくら悩んでぼーっとしすぎているからといって、牛乳をビンの口からスプーンですくって飲もうとするなんてのはやっぱりものすごく心配だ。あれはまずい。

「だいじょうぶです。オレに、まかせてください」

オレは胸をはって、マントをとじた先輩に約束する。

「ユウナがプリンを飼えるように、この問題、オレが解決してみせます!」

オレは大きく返事した。

「うん、その言葉を待っていたよ」

先輩は満足そうにうなずいてくれた。

「ただ、田中くん。とても申しわけないのだが、ぼくはまだ『暴食盗団』をおっていて、手つだうことができないんだ」

増田先輩は世界をまたにかける給食マスターだ。

先輩は最近、給食マスターの中にいる『暴食盗団』という悪いやつらをおっていて、ものすごくいそがしい。先輩が協力してくれれば無敵だけど、無理にひきとめてはいけないだろう。

「だから田中くん。この件は、キミにおまかせしよう」

「はい！」

オレが大きく返事をすると、ミノルもそれにつづいた。

「ぼくももちろん協力するよ」

「ありがとう、田中くん！　ミノルくん！」

ユウナはプリンをだっこしたまま、リノちゃんとうなずき合った。

それから、プリンを庭におろした。

プリンはじーっとこちらを見つめていたが、元気そうな様子は見せずに、しげみの奥へとひっこんだ。茶色い背中を上にして、丸くなって、寝てしまった。

＊

増田先輩が帰ったあとで。

「やっぱり、少し元気がなさそうだね」

しげみの奥で眠るプリンを見ながら、ミノルがつづける。

「子犬って、ふつうはもっとぴょんぴょんはしゃいで走りまわるんじゃないかな？」

ここ御石井市に引っ越してくる前に友だちの飼っている子犬を見たときのことを、ミノルは思いだしていたようだ。

オレはぜんぜん犬のことを知らないからよくわからない。

でもミノルやユウナの話を聞くと、プリンには元気がないみたいだった。

「おなかがへっているのかなぁ？」

と首をかしげるリノちゃんに、オレは尋ねる。

「なぁ、リノちゃん。犬って、なになら食えるか知ってるか？」

「え、そうだなぁ」

しばらく考えてから、こうこたえた。

「近所で犬を飼っているひとが、『うちの犬はリンゴが大好きなんだ』っていっているのを、聞いたことがあるよ」

「なるほど、サンキュー。わかったよ」

そういってすぐ、オレは走りだした。

「え、田中くん。どこにいくの？」

「ちょっと、ここで待っててくれよ！」

オレはユウナたちからはなれると、校舎の3階の端っこにある家庭科室へとむかった。


御石井小学校の家庭科室は特別で、いつだっていろんな食べ物が冷蔵庫にはいっている。

そこにある道具も、調味料も、自由に使っていいことになっているんだ。

家庭科室にはいってすぐに、オレは冷蔵庫をあけた。

「えーと、あるかなー？　リンゴ。リンゴ……。お、あったぞ」

オレはリンゴを見つけると、さっそく洗い、皮をむき、まな板に置いてから、食べやすい大きさに包丁できりわけた。きられたリンゴは8つすべて同じ形で、キレイにまな板の上に並んでいる。

「……待てよ」

そんなリンゴを見おろしながら、オレはちょっと考えた。

「もしもプリンが、ひとだったら、どうかな？」

たとえば元気のないひとがいて、ふつうにきったリンゴでは、食べにくいってこともあるかもしれない。

「……うん、そうだよな」

もう一度包丁を持った。

きったばかりのリンゴの上から、テキトーに包丁をふりおろしていく。

でたらめにふりおろされる包丁が、せっかくキレイにきったリンゴを、どんどんこっぱみじんにしていった。

「田中くん、なにしてんのーっ！」

もしもミノルが横で見てたら、そんなふうにおどろいたかもしれない。

オレはプリンのことを考えて、リンゴの形をわざとくずした。

「元気がないんだから、大きなかたまりなんかよりも、みじんぎりのほうが、ぜったいに食べやすいもんな」

このとき、リンゴをみじんぎりにしながら。

オレにはさっき増田先輩のいっていたむずかしい話の意味が、なんとなくわかるようになっていた。

――思いやりや愛情のはいった『食』で生きているという点では、人間も動物も大きな差なんかないのだよ。

まぁもちろん増田先輩ほどの深い考えは、オレにはない。

けれども、プリンがこのみじんぎりのリンゴを食べて元気になってくれればいいなとは、まちがいなく思っていたからね。

「よーし、できあがりだ」

みじんぎりのリンゴを皿にのせてすぐ、オレはユウナたちのいる裏庭へと戻った。

「あっ、田中くん！　どこいってたのっ？」

オレを見つけて声をあげるミノル。

「リンゴだよ。家庭科室でみじんぎりにして持ってきたんだ」

そういってから、オレはプリンのいるしげみに近づいた。

「ほら、プリン。リンゴだぞ。うまいぞ。食えるか？」

しげみの中で丸くなって寝ていたプリンの鼻の先に、オレはみじんぎりのリンゴを置いた。

ユウナもリノちゃんも、期待と緊張のまじった表情でプリンの動きに注目していた。

「プリン。ほら、リンゴだよ」

「田中くんが、持ってきてくれたよ。おいしいから食べてごらん」

などとユウナがプリンに声をかけると……。


ペロリ。


「ああ、食べたぞ！」

さいしょはけいかいしていたプリンだったけど、ひと口ふた口、少しずつだけど、みじんぎりのリンゴを口にいれた。

そのうち「これはおいしいものだ」とわかったみたいで、しっぽをそよそよとゆらしながら、どんどんリンゴを食べていった。

「よかったぁ！」

オレたち4人はハイタッチしてよろこんだ。

「さすがは給食マスターの田中くんだね！　まさか『食』で、ひとだけじゃなくて、動物まで助けちゃうなんて！」

リノちゃんなんか、こっちがどうしていいかわからないくらいにほめてくれるから、オレはすっかり照れてしまった。

ところが。

「ん、ユウナちゃん？」

ミノルの視線の先には、少し不安そうなユウナがいた。

「おい、ユウナ。どうしたんだよ？」

「いやぁ、プリンが食べてくれて、わたしも本当にうれしいんだけどね」

ユウナはつづけた。

「わたしの家ではパパもママも、生き物を飼うのには反対だから……」

——ちゅうとはんぱな軽い気持ちで、生き物を飼ってはいけません！

それが、ユウナの両親の考えだ。

「ねぇ、田中くん。どうしよう？」

「うーん、そうだなぁ……」

ユウナがプリンを飼うために。

給食マスターとして、オレにできることがかならずあるはずなんだ。

うーん

食べてくれてありがとう！

みじんぎりのリンゴを食べ終わると、プリンはひとつあくびして、その場でくるりと丸くなった。おなかがいっぱいになると眠くなるのは、犬だってオレたちと同じみたいだ。

幸せそうに眠るプリンを見おろすユウナとリノちゃんは、笑顔で目を合わせる。

「ふふ。寝るところまでかわいいね」

「丸くなるとますますプリンの色に似ているよね。ふふふ」

ミノルもそこに加わった。

「ねぇ、プリン。このままここで寝ちゃうの？　この場所から動きたくないんだったら、毛布でもかけてあげようか？」

ふざけるミノルに、ユウナがわらう。

「ミノルくん、それだと日曜日にテレビの前で寝っころがってるうちのパパと同じだよ。そうじ機かけてるママから『寝るなら場所を移動して！』っていわれても、なかなかテレビの前から移動しないんだよね」

「……え？　移動しない？」

ミノルとユウナの会話から、オレはひらめいた。

といっても別に、いまから保健室の毛布をとってきてプリンにかけるわけじゃない。もちろんかけるのはそうじ機でもない。

「……なぁ、ちょっと思ったんだけど」

オレはユウナに声をかけた。

「プリンをユウナの家で飼わなくたって、別にいいんじゃないかな？」

「ちょっと、田中くん！　なにいってんの！」

オレの言葉を聞いたとたん、ミノルはおどろいた。

「ユウナちゃんがプリンを飼えるようにするって、さっきいってたのは田中くんだよ！

増田先輩との約束はどうなっちゃうのさっ？」

ユウナは首をかしげてだまったままだ。

「ねぇ、田中くん。それはひどいと思うなぁ」

リノちゃんはやさしく注意した。

「ああ、ちがうんだ。ごめん、ごめん。ちょっと変ないい方だったな」

オレはあわてて言葉を足した。

「ユウナはプリンを飼いたいんだろ？」

「うん」

「自分の家で飼わなきゃ、ダメか？」

「どういうこと？」

ユウナだけじゃない。リノちゃんもミノルも、ふしぎそうにオレを見ている。

ひそひそとした声でオレはつづけた。

「学校で、こっそり飼っちゃうってのは、どうだ？」

「「「ええええっ？」」」

3人そろって同じように、目も口も大きくあけておどろいている。

さっきユウナが声をかけたかきねを、オレは指さす。

「ここのかきねは『オバケだよ！』なんてミノルが勘ちがいしちゃうくらい、奥がよく見えないんだ。プリンをここに住ませちゃえば、意外とバレないと思うんだよな」

「ちょっと、田中くん。本気なの？」

「ああ、リノちゃん。本気だよ」

3人はポカンとした様子で、オレの話を聞きつづける。

「そもそもこの裏庭にひとがくることはあまりない。それに、まさか自分の通っている小学校の裏庭に、犬がいるとは思わないだろ？『なにか動物はいるかな〜』なんてわざわざ裏庭までさがしにくるひとはいないじゃないか」

話を聞いていた3人は、しずかにうなずく。

「……それなら、いつでもプリンを見にこられるね」

リノちゃんがいった。

「……学校内で飼うなら、車にぶつかる心配もないね。ゆうかいされる不安もないね」

心配性のミノルも安心している。

「でも、田中くん。それってだいじょうぶなの？」

まじめなユウナが、聞いてきた。

「だいじょうぶだ、ユウナ。『学校の中で自由に犬を飼ってはいけない』なんてルールは、御石井小学校で聞いたことがないぞ」

「田中くんっ？」

ミノルがすばやく反応した。

「それはあたり前のことだよ！　そもそも学校の中で自由に犬を飼おうと思うひとはいないから、そんなルールはないんだよ！」

「あはははは、いわれりゃそうか。犬を飼ってる子がもしも全員学校に犬をつれてきたら、校庭が犬のあそび場になっちゃうもんな」

なんてオレとミノルがふざけていると。

ユウナがしずかにこういった。

「……ねぇ、田中くん。学校で犬を勝手に飼うなんて、なんとなく、いけないことのような気がするんだけど」

「んー、まぁな」

たしかに先生たちにでも見つかったら、メチャクチャ怒られるに決まってる。

「でもな、ユウナ。ユウナはプリンにはやく元気になってほしいんだろ？」

ユウナは大きくうなずいた。

「だったらなおさら、学校で飼ったほうがいいかもしれないぞ。だってさぁ」

おなかいっぱいになって寝ているプリンを、オレは見た。

「たとえば、プリンは昨日、ドッグフードを食べなかったんだ」

「うん……」

「プリンの毎日のごはんのこと、考えなきゃいけないし」

「あ。そうだよね。どうしよう」

不安そうな顔のユウナに、オレはわらいかけた。

「だいじょうぶだよ。だって学校には、給食があるんだから」

「給食？」

「給食をうまく使って、プリンにドッグフードを食べさせてやるぜ！」

「おお、田中くん！　さすがは『給食マスター』だね！」

解決の希望が見えてうれしくなったみたいで、ミノルが大きな声でオレをほめた。

「だから、ユウナ。この裏庭でプリンを飼って、元気にしてやろうぜ？」

ユウナはしばらく、じっくりと考えていた。

学校でこっそりと犬を飼うことを、ユウナは迷っていた。

オレたちはしずかにユウナを見守っていた。

それからユウナは、決心した表情でオレを見て、ひとつ大きくうなずいた。

「わたし、決めた」

はっきりと告げる。

「学校で、プリンを飼うことにする！」

「そうだね、先生たちにもしもバレたら、みんなであやまればちょっとくらい怒られたって……ああっ。**モゴモゴモゴモゴッ**」

心配性のミノルが不安なことをいおうとするのを、リノちゃんがうしろから口を押さえてストップさせた。

いつものまじめなユウナだったら、先生たちに怒られそうなことはまずやらない。いくら自分が相談した困りごとでも、さすがに学校でプリンを飼うことには反対したかもしれなかった。

けれどもこのとき、ユウナはもしも自分が先生たちに怒られたとしても、プリンを守ると決めたんだ。

「ありがとう。田中くんに相談してよかったよ」

ユウナはつづける。

「わたし、とにかくまずはプリンに元気になってほしいんだ。ねぇ、リノちゃん？」

「うん！」

本当に、プリンが大事なんだなぁ。

リノちゃんとうなずき合うユウナを見ながら、オレはそんなことを思った。


それから、4人で話し合った結果。

女子ふたりは図書室へ。

男子ふたりは給食調理室の裏へ。

それぞれの目的のために、別行動でいくことにした。

「わたし、まずは図書室にいきたいんだよね」

ユウナが図書室にいきたい理由は、大げさにいえば「勉強」のためだった。

「犬をきちんと飼うんだから、飼い方とか、どんなごはんがいいのかとか、やっちゃいけないこととか、犬についていろいろ知りたいんだ」

まじめなユウナらしいなぁ。

オレはなんだか感心した。

「わたし、本をさがすの手つだうね」

そういってくれたリノちゃんと一緒に、ユウナは図書室へとむかった。

「そしたら、ミノル」

手をふってふたりを見送るミノルに、オレは声をかけた。

「オレたちも出発しようか」

「田中くん。思ったんだけど、ぼくたちはどうして給食調理室の裏にいくの？」

「どうしてって、いまからプリンの犬小屋をつくるんだよ」

「どうやってつくるの？」

「ま、いけばわかるって」

オレは歩きながら説明した。

「まずは小屋をつくる材料を集めよう」

「材料？」

ミノルは首をかしげている。

「給食調理室の裏に、犬小屋に使えそうな材料なんかあったかなぁ？」

プリンの犬小屋をつくるため、オレたちは給食調理室の裏へとむかった。

*

次の日の、昼休み。

「「わぁ、すごい！」」

裏庭のプリンのところへきたユウナとリノちゃんは、目を丸くしておどろいた。

「この犬小屋、ふたりでつくったの？」

「すごいなぁ」

裏庭の低い木のうえられたかきねの中には、ひとの目をさけるようにして、オレとミノルのつくった犬小屋が置かれていた。

プリンはこの小屋を気にいってくれたみたいだった。

さいしょは犬小屋のまわりを鼻でつんつんつついてにおいをかぐだけだったけど、すぐ

じゃーん

に犬小屋の中にはいって丸くなった。

「これ、段ボールでつくったんだ」

ミノルがとくいげに解説する。

「給食の食材って、御石井小学校では段ボールでとどくんだってさ。いらなくなって給食調理室の裏に捨ててあった段ボールで、この小屋はできているんだ。雨が降ったら屋根をとりかえちゃえばいいし、意外とじょうぶなんだよ」

ミノルの解説が終わってから、オレはユウナに声をかける。

「ユウナ。昨日買ったっていっていたドッグフードは、持ってきてくれたか？」

「うん」

ユウナは持ってきた袋からかわいた粒のドッグフードをざらざらとお皿にいれて、プリンの前に置いた。

けれどもプリンは、ちょっとにおいをかいでから鼻でつんつんするだけで、やっぱり食べようとはしなかった。興味はあるみたいなんだけど……。

「うーん、やっぱり食べてくれないなぁ」

ユウナはがっくりと肩を落とした。

「においはかぐのに、食べないんだよね」

「ユウナ、だいじょうぶだ」

ここでオレは、ポケットからあるものをとりだしたんだ。

小さな保存容器にはいった、野菜サラダ。

「この野菜サラダは、今日の給食の、食べのこしなんだ」

「ええええっ、食べのこし？」

ミノルがちょっとだけ顔をくもらせた。

カレーやハンバーグとちがって、野菜のおかずは多くあまってしまうことがあるのだと、御石井小学校の調理員さんがちょっとかなしそうにいっていたのをオレはいつか聞いたことがあった。

本当はいけないんだろうけど、食べのこして捨ててしまうよりは、プリンのために使いたい。そう思って、こっそりと、食べのこされて給食調理室に戻ってきてしまった野菜サラダをオレは少しだけ持ってきていた。

「野菜には、水分がたっぷりだ」

「田中くん。それが、どうかしたの？」

「ひとでもそうだけどさ、パサパサしたものって食いづらいじゃん？」

プリンは昨日、みじんぎりのリンゴなら食べられたんだ。

だからかわいたドッグフードに、なにか水分を足す工夫をしてやれば食べられる。オレはそう考えた。

「ユウナ、ちょっとそのドッグフードのお皿を、持っていてくれ」

「え、うん。わかったよ」

「いくぜ！」

オレは容器のフタをあけて、野菜を空高くほうり投げた。

それから犬小屋をつくったときに使ったオレとミノルのハサミを2丁、左右の手に持ったんだ。


「牛乳カンパイ係、田中十六奥義のひとつ、嵐のカマイタチ☆」

包丁で食材をこまかくきるときに使うこの「嵐のカマイタチ☆」って技を、給食マスターとして世界をまわっている父さんからオレは教えてもらった。ただ父さんの場合、同じ「嵐のカマイタチ」でも、包丁を持たない素手でどんなにかたいものでもスパパパパッときることができるんだけどね。

でも、オレだって負けてはいられない。

いままでの技にみがきをかけたオリジナルの技を、オレは使うつもりだった。

空中に浮かぶ野菜サラダをしっかりと見あげて、オレは叫んだんだ。

「嵐のカマイタチ☆天空のみじんぎりバージョン！」

空高く跳んだオレは、左右のハサミを高速で動かし、野菜サラダを猛スピードできり刻む。じつはこの動きは、『牛乳がぶ飲み対決』で空中をバラバラと舞う牛乳キャップをハシでつまんだときにひらめいたんだ。

「ああ、すごいや！」

ミノルが声をあげる。

「野菜が空中で、どんどんこまかい粒になっていくよ！」

ニンジンの赤。レタスの緑。ダイコンの白。

こまかく刻まれた野菜は、赤、緑、白と3色に色わけされ、ユウナの持っているお皿の上に、ふわりふわりと降ってくる。

「よし、完成だ！」

オレはお皿をユウナから受けとり、みんなに見せた。

「名づけてっ、田中の『ヘルシー3色ドッグフー丼』だぜ！」

オレの手にあるお皿を、リノちゃんはふしぎそうにながめている。

「プリンのためのごはんなのに、なんだかおいしそうに見えるからすごいね」

「そうだねぇ。レストランのメニューにまざっていたら、気がつかないで食べちゃうかもしれないね」

ミノルなんか、ごくりとつばを飲むくらいだ。

「あ、田中くん。ちょっと待ってくれるかな？」

ユウナはお皿をのぞきこんだ。オレが刻んだ野菜を、じっくりと見て、かくにんしていた。

「うん、だいじょうぶ」

「だいじょうぶってなにが？」

「犬が食べちゃいけない野菜は、はいっていないよ」

「犬が食べちゃいけない野菜？」

「うん。しかも、野菜だけじゃないんだ。昨日、図書室で調べたんだけど……」

たとえばネギや玉ネギなんかは、犬にはぜったいに食べさせちゃダメらしい。

野菜の他にも、ブドウとか、チョコレートとか、イカとかタコとか、卵の白身までも、意外と犬が食べられないものは多いのだとユウナはいった。

「へぇ、知らなかったよ」

ミノルが感心する。

「あとね、牛乳も気をつけたほうがいいんだよ。カルシウムは大事なんだけど、アレルギーがないかとか、消化できるかとかを、犬もかくにんしないといけないの」

「ユウナ、本当にすごいな」

昨日、プリンのために必死に覚えたんだろうなぁ。

いっしょうけんめいがんばるユウナに、オレはすっかり感心した。

「さぁ、そしたらプリンにごはんをやろうぜ！」

と、オレがお皿をプリンの前に置こうとした、そのときのこと。

「見たぞ、見たぞ、見たぞ～！」

ああああ！

なぜ、ひとのこないはずのこんな裏庭にまで、アイツがっ！

オレたち4人は背中をぞくりとさせながら、ゆっくりと、ふりかえったんだ。

＊

オレたちがふりかえると、そこには大久保ノリオがいた。

よっぽどいそいできたみたいで、はぁはぁと息がきれている。

「田中が動くとき、そこにうまいものあり！」

たぶん意味なんかないんだろうけど、ノリオはことわざみたいにいいきった。

ノリオは、5年1組の恐怖の大王だ。

でも、悪いヤツじゃない。

いつも「誰かに親切にしよう！」と立派な気持ちを持ってはいるけど、その親切がかえって誰かの迷惑になってしまうという、ちょっとややこしいヤツなんだ。

あと、しょっちゅう、鼻毛がでてる。

いまだって息をはぁはぁはくたび、鼻の穴からは、長めの毛の束がちょろんちょろんと、でたりはいったりをくりかえしている。

「よぉ、田中。いつもは家庭科室でうまそうなものをつくっているのに、今日はまさか、こんな裏庭で調理をしているなんてな」

ノリオの視線は、オレの手もとに釘づけだ。

もちろんそこには、いま野菜を刻んでトッピングした、プリンのごはんのお皿がある。

「なんの料理かは知らねぇが、色あざやかな野菜がこまかくちらばってて、ずいぶんうまそうじゃねぇか。ふへっ」

「あ。ノリオ、このお皿はダメなんだよ」

ミノルがとめるのをふりきって、ノリオが動いた。

「よこせぇぇぇい！　ケチケチすんじゃねぇ！」

オレからお皿をうばおうと、巨体のノリオが突進してくる。

「ちがうの、ノリオくん！」

「ダメだってば！」

ユウナもリノちゃんも加わって、３人がかりでノリオをとめようとしたけど……。

いくらみんながとめたって、とまらないのがノリオなんだ。

オレからお皿をうばってすぐ、ノリオはお皿に口をつけた。


ズズズズズズズズッ！


なんとっ、中身を直接すすっていく。

すると。


「う、う、う、うううううううう……」

とつぜん苦しそうに声をだし、顔をしかめて、目をつぶるノリオ。

「ノリオくん、どうしたの？」

「もしかして、のどにつまったのか？」

「う、う、うううううううううううううううううううううう！」

「ノリオくんっ？」

「うまーい！」

「「へ？」」

ノリオはオレたちの心配もそっちのけ。

「ああ！　このさっぱりとした中にも感じられる、しっかりとした肉のうまみ！」

テレビでおいしいものを食べた芸能人みたいに、ドッグフー丼をほめ始めた。

「そうか。これはきっと、かわかした肉を使っているんだな。かめばかむほどジャーキーのように、肉そのもののうまみが口の中にじわっと広がっていくぞ」

「あの、ノリオ？」

「そして、この野菜。刻まれた野菜からはうまみがいっぱいの水分がでて、それがかわかした肉にしみていくじゃないか」

「……ノリオくん？」

「すると、なんということでしょう！　肉と野菜、口の中のふたつのうまみが合わさって、みっつめのうまみに変化するんだ！」

オレたちはもう、ノリオをとめなかった。

だってノリオは、ドッグフー丼をのこさず食べちゃったんだから。

「はー、ごちそうさまでしたっ」

ノリオは満足そうにおなかをさすった。

「ねえ、ユウナちゃん」

ミノルがひそひそと心配している。

「ノリオはドッグフードだって気づかずに食べちゃってるけど、あれって、だいじょうぶなの？」

「うーん。たぶんだいじょうぶだとは思うんだけど……」

「ドッグフードを食べちゃったから、ノリオ、明日会ったら犬になってたりして」

「はぁっ、ミノル？」

人面犬になったノリオを想像して、オレは横から大きな声をだしてしまった。

「なるんだったら大型犬かな……それとも柴犬かな……まさかチワワやプードルじゃないよね？」

「ミノル、変な想像はやめてくれ」

念のため、ユウナの持ってきた

ドッグフードの袋を見ると、「ひとも食べられます」と書いてあった。

「むむむむっ。しかしなぁ、田中。おしいっ。おしいぞっ」

ノリオはひとさし指を左右に動かしながら、味つけにイチャモンをつけ始める。

「たくさん食べるには、味が、あまりにもうすかったな」

「そりゃそうだよ、ノリオくん」

ユウナが間にはいる。

「犬にはお塩とかお砂糖とか、調味料はまったく必要ないんだもん」

「ん？　そうなのか。でもな、ユウナ。オレはひとだ。人間だ。だから味がついていたほうがうまいぞといっているんだ」

やっと会話ができたけど、やっぱりいまいちかみ合わない。

ノリオは自分がなにを食べたのか、まったくわかってくれなかった。

「おい、ノリオ。じつは、それは、プリンのための……」

オレの言葉の途中で、ひとの話を聞かないノリオはしゃべりだした。

「おお、プリン！」

にこーっとわらうノリオの鼻の穴からは、全力の鼻毛が今日も元気に「コンニチハ☺」していた。

「田中、気がきくじゃないか。デザートまであるのか？」

オレはゆっくりと首を横にふり、犬小屋のプリンを指さした。

「プリンは、犬だ」

「いぬ？　あ？　ああ、そうだ。今年はいぬ年だぞ」

「そうじゃなくてさ、おまえがいま食べたのは、ドッグフードなんだ」

「……わん？」

首をかしげるノリオは、なぜだか犬みたいに返事した。

「そのお皿の中身は、そこで寝ている、プリンのごはんだったんだよ」

しーんとした、気まずい時間のあとで。

「うぎゃあああああ！」

やっと気づいたノリオの叫び声が、裏庭中にかなしくひびいた。

「コラ、田中！　どうしてそれをはやくいわない！」

「いっても聞かなかったのはおまえだろ」

「くそぉ。……でも、うまかったから、いいけど」

え、いいのかよ？

思いっきり叫んだくせに、意外とダメージはないらしい。

「あーあ、食べちまったなぁ。あーあ、うまかったなぁ」

ほとんど気にしていないノリオは、犬小屋の前にしゃがんだ。プリンを見おろす。

ニコリ。

「食べちまってすまんな、犬」

ごはんを食べてしまったことを、見あげるプリンにあやまった。きっと見あげるプリンの目には、ニコリとわらったノリオの鼻毛のドアップがうつっているんだろう。

「あー、ノリオくん！」

急にいったいどうしてなのか、大きく目をひらいたユウナがノリオにかけ寄った。

「なんだよ、ユウナ。オレはいま、あやまったじゃねぇか。文句でもあんのかよ?」

ユウナはノリオから空っぽのお皿をうばうと、こんなことをいったんだ。


「食べてくれて、ありがとう!」


「ふへ? ……お、お、おう」

ユウナのよくわからない言葉にすっかりおどろき、ノリオはしゃがんだままかたまってしまった。

ノリオもオレたちもすっかりかたまっていたけれど、右の鼻の穴からでている元気な長めの鼻毛だけは、そよそよと風にゆれていた。

「ど、ど、どう、どういたしまして……んん?」

ユウナのお礼に、ノリオはていねいに返事をしたけど、自分がどうして感謝をされているんだか、まったくわかっていなかった。

オレたちだって同じだ。

せっかくプリンに用意したごはんを、空っぽにされちゃったんだぜ？

怒るならまだわかるけど、ユウナはお礼をいっている。

「ユウナ？　なにをいっているんだよ？」

「田中くん。わたし、いまからプリンに、ドッグフードを食べさせるね」

ユウナは袋から、あたらしいドッグフードをお皿に少しだした。

「いまのノリオくんを見ていて、思いだしたことがあるんだ」

いったいなにをするつもりなのか。

オレも、ミノルも、首をかしげた。

「あ！　もしかしてっ？」

どうやらリノちゃんだけは、ユウナのいっていることに心あたりがあるみたいだ。

「昨日の、図書室で見つけた方法！　そうでしょっ？」

「うん、そうだよ」

どうやらユウナとリノちゃんには、なにか作戦があるみたいなんだ。

「いまからためしてみるね。このままプリンが食べなかったら、わたし、ものすごく心配だもん」

ユウナはドッグフードのお皿を持ったまま、プリンの犬小屋の前へと進んでいった。

*

寝ながらユウナを見あげるプリンは、ユウナの持っているドッグフードのお皿が気になるみたいだった。鼻をひくひくさせながら、ユウナの手もとをしっかり見ている。

きっと、興味がないわけじゃないんだ。

なにかキッカケさえあれば、たしかに食べてくれそうな気はするんだよな。

「ほら、プリン。ごはんだよ〜」

ユウナはドッグフードのはいったお皿を、犬小屋の中で丸くなって寝ているプリンの前に置いた。

次に、お皿からドッグフードをひと粒だけつまみだす。

なんだか手品でもするみたいにしてプリンにはっきりと見せたんだ。

「ほら、プリン。これ、ごはんだよ。しっかり見(み)ててね」

それから。

「ええええっ？」

なんとユウナは、自分(じぶん)の口(くち)を大(おお)きくあけた。

ひと粒(つぶ)つまんだドッグフードを、ゆっくりと、自分(じぶん)の口(くち)に近(ちか)づけていく。

「まさか、食(た)べるのかっ？」

「ユウナちゃん、なにしてんのっ！」

ミノルがあわててとめようとしたけど、ユウナはすばやく口(くち)をとじた。

パクッ！

あああああ！

ノリオならまだわかるけど、まさかユウナがドッグフードを食(た)べちゃうなんて！

「もぐもぐもぐもぐ……」

ユウナのとんでもない行動(こうどう)に、オレたちはびっくりして見守(みまも)ることしかできなかった。

「うんっ。ほら、プリン。おいしいよ～」

ただ、いったいどうしてなのか、さっきまでドッグフードをつまんでいたユウナの右手は、しっかりとグーでにぎられていたんだ。

プリンは横になったまま、ユウナをじーっと見あげていた。

それからのそりと立ちあがると、ドッグフードのはいったお皿に近づいていった。

なにかをかくにんするみたいにして、においをくんくんかいだあと。

「おおおっ！」

パクッとひと口、食べたんだ。

「プリンが、ドッグフードを食べたぞ！」

「よかったぁ！」

と安心した表情のユウナは、グーでにぎっていた右手をひらく。

そこには、ドッグフードがひと粒あった。

「あれ、ユウナ？」

ユウナはそれを、プリンのお皿に戻してやった。

「さっきそのドッグフードを、食べたんじゃなかったのか？」

「やめてよ、田中くん。わたしはノリオくんみたいな、むちゃくちゃなことはぜったいにしないよ」

「えぇぇぇ。オレって、むちゃくちゃなのかよぉ……」

ノリオがへこんだ顔をする横で、ユウナはつづけた。

「あたえられたごはんを食べない子犬にはね、そのごはんを食べるフリをして見せるといいって、昨日、図書室で読んだ本に書いてあったんだ」

「へぇ、そうなのか！」

「でもまさか、こんなにうまくいくとは思わなかったけどね」

ユウナはプリンが食べている様子を、ほっとした顔で見守っている。

その横にいたリノちゃんが、昨日ユウナと一緒に図書室で見つけたという本の説明をオレに足してくれた。

「とくに子犬は、自分の目の前に食べ物をだされても、それが本当に食べ物なのかがわからないことが多いんだってさ」

「へぇ」

「だから食べているところを見せてあげると、『あ、これは食べ物なんだな』ってやっとわかって、食べられるようになることがあるんだって」

「それは知らなかったよ」

ミノルとオレは感心しっぱなしだった。

ユウナが昨日きっちり勉強したことが、今日しっかりと役に立ったんだ。

「しかもね、子犬が信頼しているひとが食べたフリをしないと意味がないの。だからきっとプリンは、ユウナちゃんのことを信頼しているんだよ」

リノちゃんの言葉に、ユウナはうれしそうにわらった。

ああ、そうか。

給食だってそうだけど、だされた食べ物を食べるって、きっと用意してくれた相手を信頼しているってことなんだろうな。

動物もひとも、もしかしたら、そこは変わらないのかもしれないぞ。

ユウナとプリンの絆に気づいたオレまで、なんだかうれしくなってしまった。

食べ終わったプリンが、「ごちそうさま」の報告をしにきたのか、ユウナに近づく。

「ああ、プリン。本当に心配だったんだよ」

しゃがんだユウナは、ゆっくりとしっぽをふるプリンの背中をなでつづけた。

「でもこれで、きっと元気になるね」

ユウナはプリンの目を見てわらった。


「食べてくれて、ありがとう！」


しっぽをふって見あげるプリンに、ユウナはいったつもりだったんだけど……。

「おいおい、照れるじゃねぇか」

え、ノリオ？

「ユウナ。お礼なんか、いわなくていいんだぞ。だってオレは、ものすごーく親切なんだからな！」

お礼をいわれたのが自分なんだと、勘ちがいをしたらしい。

ノリオは、勝手に照れていた。

次の日からも、ノリオ以外のオレたち4人は、毎日裏庭に集まった。

ユウナの大かつやくのあと、プリンは毎日きちんと食べるようになった。

「オレも今度こそ、プリンのためになにかしてやりたいなぁ」

ユウナから聞いた犬の食べていい野菜や果物を、給食の食べのこしから見つけては、トッピングにしてドッグフードにかけてやった。もちろん調味料を抜くために、水洗いしたものを持っていった。

「ねえ、田中くん。プリンはぜんぜんほえない、いい子だね」

「そうだな。それに、オレたちのつくった犬小屋が自分の家だってのもわかってるみたいだ。かしこいよな」

さいしょはユウナとリノちゃんにしか、なついていなかったプリンだけれど。

いまではオレのくつのにおいをかぎにきたり、ミノルの足首に自分の背中のにおいをつけにきたり。仲間だと思ってくれているみたいだ。

オレたちの世話のおかげで、プリンはどんどん元気になっていったんだ。

＊

数日がたった。

いつものように裏庭に集まっていた、ある昼休みのこと。

「ん？　プリン、どうしたんだ？」

トコトコトコッと近寄ってきたプリンは、くわえてきたふといロープのきれはしをオレの足もとに置いた。

オレとロープを交互に見ては、目をキラキラさせている。

どうやらオレと「ひっぱりっこ」であそんでほしいみたいだ。

「よーし、プリン。勝負しようぜっ」

ロープの端っこをオレが持つと、プリンはうれしそうに反対側をかんだ。

ここ数日で、このふといロープの「ひっぱりっこ」がプリンのお気にいりのあそびになっていたんだ。

「それじゃぁ勝負だ。よーい、スタート！」

すっかり元気になったプリンは、なかなかロープをはなさない。ふといロープをしっかりかんで、楽しそうにぐいぐいとひっぱる。

「おお、プリン。子犬なのに、ずいぶんパワーがあるんだな」

しばらくひっぱり合ってあそぶうち、プリンのテンションはぐいぐいあがってきた。しかしさすがにつかれたみたいで、とうとうプリンは口をあけた。

ふといロープは、ぐいっとオレにうばわれる。

すると。


「わん！」


びっくりした。

ノリオの叫び声よりも、もっともっとよく通る声が、裏庭中にひびいたんだ。

あそんでいるうち、楽しくなってすっかりテンションのあがったプリンは、ロープをオレにとられた瞬間、大きな声でほえた。自分でもびっくりしたみたいで、目をパチクリさせている。

動物の声がこんなにひびくだなんて、オレは知らなかった。

「いやぁ大きな声で、びっくりしたね」

なんて4人でわらっていたら……。

「え〜、見つけましたねぇ〜、え〜」

全校朝礼で聞いたことのある、のほほーんとした声が、オレたちのうしろから聞こえてきた。

ふりかえったオレたちの目の前にいたのは、もちろんノリオなんかじゃない。


「「あー、校長先生！」」


しまった！

よりによって、学校で一番えらいひとに、プリンが見つかっちゃったんだ！

「校長先生！　いったいこんなところで、なにをしているんですか？」

朝礼でのしゃべり方で、校長先生はこたえる。

「え〜、それはですねぇ田中くん〜、え〜、こちらのセリフですねぇ〜」

近ごろ校内で犬を見た、という報告が先生たちの間で次々とでたため、見まわりをしていたのだと校長先生はいった。

「わたしは『なにか動物はいるかな〜？』なんてですねぇ〜、え〜、わざわざこんなひとのいない裏庭まで〜、え〜、さがしにきたんですねぇ〜」

なんてこった！

プリンが元気になったことは、本当にうれしかったんだけど……。

元気にほえてしまったそのせいで、とうとうヒミツのこの場所が、先生にバレてしまったんだ。

「え〜、そこにいるのは〜、え〜、犬ですねぇ〜」

のほほーんとしたしゃべり方の校長先生が、ゆっくりとオレたちに近づいてきた。

「え〜、今日は犬のほえる声で〜、え〜、先週はサルが叫ぶ声で〜」

あ、校長先生。

その先週のサルの叫び声の主は、ドッグフードを食べておどろいたノリオです。

「え～、学校で勝手にですね～、え～、犬を飼うことはですね～、え～、ふつうに考えたらダメでしてねぇ～、え～……」

プリンは捨て犬だったんです。弱っていて、かわいそうだったんです。

オレたちは校長先生にいっしょうけんめい事情を話した。

ところが校長先生は、首を横にふったんだ。

「え～、校内では～、え～、犬は飼えませんので～、え～、捨て犬に飼い主が見つからない場合は～、え～、学校としましては～、え～、本当にしかたのないことなのですが～、え～、たいへんいいにくいのですがぁ～、え～」

のほほーんとした声の校長先生だったけど、かなり厳しい言葉をつづけた。

「保健所に相談することになるかもしれませんねぇ～」

聞いた瞬間、オレは顔をぶんなぐられたようなつらい気分になった。

それだけは、本当にいやだ。

保健所に連絡された飼い主の見つからない捨て犬が、どうなってしまうのか。

オレもユウナもリノちゃんもミノルも、どうなるかわかっているからこそ、つらすぎて言葉がなかなかでてこなくなった。

このままほうっておけば、プリンは命を落とすことになってしまう！

重い空気が、オレたち4人を上から押しつぶしているみたいな気がした。

「校長先生、おねがいします！」

重い空気をはねかえし、ユウナが校長先生にかけ寄った。

「プリンを、ここで飼わせてください！」

ユウナはほとんど泣きながら、何度もおねがいをしたんだ。

「せっかくみんなで世話して、ここまで元気になったのに……おねがいします、校長先生！」

けれども校長先生は、困った顔で首を横にふるだけ。

ユウナの願いがかなうことは、なかった。


ここまでは、なんとかうまくいっていたのに。

学校でプリンを飼うことは、もうできなくなってしまった。

田中家秘伝の巨大プリン

校長先生にプリンが見つかってしまった日の、放課後。

オレとミノルとリノちゃんは、ユウナにつれられ、ユウナの家へといそいでむかった。

「ママ、おねがい！」

ユウナは自宅の門を抜け、自分の母さんにかけ寄った。

「あら、ユウナ。おかえり。田中くんたちも、こんにちは」

一軒家の庭で水をまいていたユウナの母さんは、ユウナの顔を見て首をかしげた。

「ユウナ、どうしたのよ。そんなに厳しい顔をして？」

「あのね、ママ」

ユウナは必死だ。

「うちで、犬を飼いたいの。おねがいっ」

プリンを自分の家で飼うことを許してもらおうと、何度も何度もおねがいした。

けれども。

「ねぇ、ユウナ」

ユウナの母さんは笑顔を見せない。

「むかしからパパもママもいっているわよね。『ちゅうとはんぱな軽い気持ちで、生き物を飼ってはいけません！』って」

「でもっ……」

「生き物を飼うことはね、とてもとてもたいへんなことなの」

ユウナの母さんは、ゆっくりと説明を始めた。

「ましてや、ワンちゃんでしょ？　毎日のごはん。ひとをかまないようにするしつけ。病気になったら病院につれていかなくちゃいけないし、運動させるための散歩だって毎日たくさん歩かなきゃいけないの」

やっぱりユウナの母さんは、犬を飼うことに反対だった。

ユウナはだまって聞いている。

「家の中で飼うのであれば、よごれたらキレイに洗って、ふいて、かわかして。毎回のトイレの世話だって、ものすごくたいへんなのよ」

けれども、その顔はどんどんくもっていく。

「それに、ユウナが学校にいっているときには、おうちにいるママが世話しないといけないわよね？」

「それは、そうだけど……」

すまなそうに見あげるユウナ。

「ねぇ、ユウナ。家族が増えるって考えてみて。いろいろ必要なものを買い足さなくちゃいけないいし。そろえるお金も、時間も、ものすごくかかるのよ」

「わたし、学校からはやく帰ってきてお世話するよ。ごはんにお金がかかるんだったら、わたしのお年玉とかおこづかいは、ぜんぶプリンのために使ってもいい」

「あのねぇ、ユウナ……」

「だってね、ママ！　学校で飼えるように、校長先生に何度もおねがいしたんだけど……っ」

ユウナは大きく叫んだ。

けれども、しぼんだ声に変わる。

「このままじゃ、保健所に相談するかもしれないっていうんだよ」

涙声で、ユウナはいった。

「そんなの、わたし、いやなんだよぉ……」

ユウナの母さんは困った顔で、しばらくなにか考えていた。

「……校長先生が、そういっていたのね？」

ユウナの母さんに目でかくにんされ、オレはしずかにうなずいた。

「じゃあ、ユウナ……」


「10日間だけ、うちで飼っていいわ」

「え、ママ？」

ユウナの母さんの意外な言葉に、ユウナは涙をひっこめた。

見守っていたオレたちも、びっくりして言葉をひっこめた。

「……プリンを、うちで飼ってもいいの？」

「ええ。ただし、10日間よ」

「10日間……？」

プリンを、ユウナの家で飼う許しがでた。

でも、10日間なんて短い期間だ。

これはどういうことだ？

オレたちはよろこんでいいのかわからず、ユウナの母さんの言葉を待った。

「実際に10日間、うちで飼ってみて、生き物を飼うことがどんなにたいへんなことなのか、
ユウナ、経験してみなさい」

「ありがとう、ママ！」

「ユウナ、勘ちがいしないで」

ユウナの母さんは厳しくつづけた。

「パパとママが見ていて『これはダメだな』と思ったら」

ユウナの母さんは真剣だ。

「そのときは、ワンちゃんは飼えないわよ」

ユウナが本当にきちんと世話をできるのかどうかを、ユウナの母さんは判断しようと考えたんだ。

あまりに真剣なふんいきに、ミノルがつばをごくりと飲みこんだ。

「わかったよ、ママ」

まようことなく、ユウナはきっぱりと返事した。

「おい、ユウナ。だいじょうぶなのかよ？」

「うん、田中くん。だいじょうぶ。わたし、かんぺきにお世話するよ」

自分の母さんと同じように、ユウナだって真剣だった。

「だってわたし、ちゅうとはんぱな軽い気持ちで、プリンを飼うわけじゃないんだから」

そういうと、ユウナは走りだした。

「あ、ユウナちゃん。どこにいくの？」

リノちゃんの声に、走ったままのユウナは、うれしそうにこたえた。

「学校！　プリンをうちに、つれてくるよ！」

こうしてプリンは、とりあえずは、ユウナの家にくることになったんだ。


翌日の、給食の時間。

オレは5年1組のみんなにむけて、作戦会議をひらいた。

せめて散歩の分担をクラスのみんなでできないかなと、オレは考えていた。

いままでリノちゃんもふくめてオレたち4人でやっていたプリンの世話だ。さすがにユウナひとりだけでは、やりきれないと思ったから。

「え、子犬の散歩っ？」

「やるやるやるやる！」

ミノルが「ほとんどほえないし、かわいいし、かしこい犬なんだよ！」といっしょうけんめいみんなにプリンのことを教えてくれたことで、男子も女子もみんな興味を持ってくれ始めた。

さらには。

「うちの難波食堂にまかしとき！　うちは食堂やから、あまって使えへん食材はかならずでるから、オトンにたのんで毎日持ってきたるな」

ミナミはそんな約束をしてくれた。

「よーし、オレはプリンに言葉をおしえてやる！　そしたらプリンはしゃべる犬として、テレビ番組にひっぱりだこだ。お金がもうかるぞ。どうだ、すばらしい作戦だろう！」

ノリオは「いつかきっと、犬と人間が語り合える日がくるはずだ」と、本気でいっているみたいだった。犬との会話はぜったいに無理だけど、ノリオがユウナに親切にしようとしている気持ちだけはよくわかった。

ふだんまじめなユウナだからこそ、みんなこんなに協力してくれるんだろうな。

ああ、よかった。

オレがほっと胸をなでおろした、そのとき。

「あの、みんな」

ユウナが気をつかいながらいった。

「田中くんやみんなの気持ちは、本当に本当にうれしいんだけど」

けど？

ユウナはなにを考えているんだ？


「わたし、ひとりでがんばってみようと思うの」


クラスがざわつく。

「おいおい、ユウナ。みんなせっかく協力してくれるっていってるんだぜ？」

「うん。それは本当にうれしいんだよ。田中くんが声をかけてくれて、こんなにみんなが協力しようとしてくれて。でもね」

まじめなユウナはきちんと先のことを考えていたみたいだ。

「ママに納得してもらうには、誰かに協力してもらうんじゃダメだと思うの」

「えー、どうして？」

ミノルが少し不満そうにいった。

「だって、この先プリンを飼っている間、ずっとみんなに助けてもらうわけにはいかないから」

なるほど。

「そうか。わかった」

オレは、せっかく手をあげてくれたクラスのみんなに頭をさげて、作戦会議を終わらせた。

「なぁ、ユウナ」

「なぁに？」

「もしひとりで困るようなことがあったら、かならず相談してくれよな」

「うん、わかったよ。ありがとう、田中くん！」

ところが。

まじめなユウナは、やっぱりまじめすぎた。

ユウナがひとりで世話を始めて1日、2日とたつうちに……。

だんだんユウナから、元気がなくなってしまった。

＊

ユウナがひとりでプリンの世話を始めてから、1週間がたった。

その日、授業が終わったオレとミノルは、学校の正門前にいた。

「ユウナちゃん、今日もそろそろくるころだね」

この1週間、学校が終わるとユウナはすぐに家に帰った。

それからプリンの散歩でもう一度学校の前を通るのが、いつものことになっていた。

「お。うわさをすれば、きたぞ」

プリンとユウナが、正門までやってきた。

プリンの体にくくられた散歩用のひもを、ユウナは両手で持っている。

「ユウナちゃん、プリンのお世話を毎日がんばってるね」

「うん。がんばるっていうか、楽しいよ」

ユウナはにこにことつづけた。

「プリンもよろこんでくれるみたいだし。ねー、プリン」

「わん！」

じっさい、ユウナはプリンのために、いろんなことをやっていた。

毎日のごはん。運動。しつけ。散歩。「ひっぱりっこ」であそぶことはもちろん、家に帰ればプリンの足をキレイに洗って、ふいて、かわかして。もちろん毎回のトイレの世話。

その上、ぜんぜん病気になってもいないのに、近所の獣医さんの電話番号をメモした紙をいつも持ち歩くなんてことまでも。

「あとね、これはママにはいわれなかったけど」

ユウナは胸をはってつづけた。

「歯みがきやブラッシングも、毎日やってるんだ。ま、わたしが寝る時間はおそくなっちゃうけどね」

「それはすごいね！」

ミノルが大きくほめるけど、オレは聞きのがさなかった。

「寝る時間はおそくなっちゃう、か……」

「ん？ 田中くん、なにかいった？」

「なぁ、ユウナ。もしかして、プリンの世話がたいへんで、つかれているんじゃないのか？」

最近、なんとなく、元気がないような気がするんだよな。

今日の給食の時間だってそうだった。チラッと見れば、ユウナはいつもより食べる量が少なかった。

寝る時間がおそくなるほどがんばって、つかれて、食欲がないんじゃないのかな？

「楽しいよ。わたしやっぱり、犬が好きなんだなぁって自分で思ったくらいだもん」

「そうか。なら、いいんだけど」

オレはプリンをだっこしようと、その場でしゃがんだ。

「……って。ユウナっ！」

おどろいた。

「おいおい。やっぱりきっとつかれてるんだよ。ぼーっとしてるぞ」

しゃがんだまま、オレはユウナの足もとを指さした。

「これ、スリッパだ」

「へ？」

オレにいわれて、ユウナは自分の足もとになんとなく目をむける。

「あーっ、本当だ！」

すぐに大きく目をひらくと、真っ赤な顔で、はずかしそうにあわて始めた。

外にきているっていうのに、ユウナは靴じゃなくて、ピンク色のキャラクターのついた部屋用のスリッパをはいていたんだ。

「どうしよう！　わたし、うっかりしてたみたい」

ミノルはわらいを必死にこらえている。

「ふふふ。でも、靴をはき忘れることって、たまにあるよねぇ。ぼくなんか急いで家に帰らなきゃいけなかったときに、うわばきで下校しちゃってたもん」

「そういえば、ノリオにも似たようなことがあったな。あいつ、クリスマス・イブに、サンタクロースをつかまえたくて、夜中ずっと起きていたらしいんだ」

「『サンタクロースをつかまえるっ？』」

ユウナとミノルが同時におどろく。

「そしたら翌朝、寝不足でぼーっとしちゃって、着がえのズボンをはくのを忘れて、そのまま登校してきたんだよ。友だちに注意されるまで、真冬の朝に自分がパンツ一丁だったことに気がつかなかったらしいぞ」

「えー、なにそれぇ」

ユウナはわらった。でもやっぱり、どこかつかれているように見えた。

「ズボンをはき忘れたまま登校するなんて、ノリオくんらしいね。ふふふ……ふわぁ〜」

ユウナはわらったついでに、つかれた様子で、ひとつ大きなあくびをした。

両手で、口もとをかくす。

「あああ、ユウナ！」

「ユウナちゃん、手！　手！」

「えー、ふたりともどうしたのー？」

のんきにこたえるユウナは、いま自分がなにをしているのかわかっていないみたいだった。

「あーっ！」

校庭から、誰かの叫び声が聞こえてきた。

ユウナはそこでやっと、オレたちがおどろいている理由に気がついたんだ。

「犬が、校庭を走ってるぞーっ！」

「あああっ、どうしようっ！」

ユウナは口もとをかくしていた自分の両手を見て、あたふたし始めた。

「プリンが逃げちゃったよ！」

眠くてうっかりひもから両手をはなしたそのすきに、プリンは逃げてしまった。

やっぱりユウナ、つかれているのか、熱があるときみたいにぼーっとしてるな。

オレはそんなことを思いながら、ミノルと一緒にプリンをおいかけ、校庭へとダッシュした。

「おい、プリン！　戻ってこい！」

「校庭は、犬のあそび場じゃないんだよ！」

プリンは戻ってくるどころか、下級生たちがドッジボールをしているところへと、まっしぐらに走っていった。

「なんだ、この犬は！」

「きたきたきたきた、犬がきたよ！」

「うわーっ」

「怖いよ〜！」

プリンは小さな犬だけど、下級生の中には犬を怖がる子だってたくさんいる。そもそも校庭を犬が走りまわるなんて、いつもの学校では起きない大事件だ。

あわてて逃げだす、下級生たち。

一方のプリンは……。

「ん？　……プリンのやつ、なんだか楽しそうだな？」

プリンはたくさんの子供たちに興味しんしん。

「アイツもしかして、下級生の子たちがあそんでいるところに、ちょっと参加しにいったつもりなのかな？」

プリンは目をキラキラさせながら、下級生の子たちをおいかけた。

「プリン！　おいかけっこの時間じゃないよ！」

ミノルの叫んだとおり、プリンは逃げる下級生の子たちと鬼ごっこでもやっているかのように本当に楽しそうに走りまわる。

「ひー。犬だぁ」

「怖いよ～！」

涙で顔をぐちゃぐちゃにして逃げまわる低学年の子も中にはいた。

息をきらして楽しそうにおいかけまわすプリン。

逃げる下級生が、ちょっとかわいそうになってしまった。

でも、ここでボールを持っていた4年生の飛田ジュンタロウくんが、あることに気がついた。

「このワンちゃん、ボールがほしいみたいだぞ！」

ジュンタロウくんの気づいたとおり、プリンはボールにさわりたいみたいだ。

「おい、ジュンタロウ！　パス、パス！　オレがボールをかたづけてくるよ！」

プリンから逃げきった友だちが叫んだ。

「わかった、たのむ！　いくぜ弟のアツヨシと特訓した必殺の……」

ジュンタロウくんは、ボールを投げようと、大きくふりかぶった。

「ひかりかがやけ　ゆめのかけはし　レインボーボール！　えいやーっ」

なんだ！　なんだ！　その必殺ボールは。

ビュン！

ボールはぐんぐん遠くまで飛んでいった。

あまりにボールの勢いがありすぎて、そのまま窓ガラスにあたりそうになったのを見て、とっさにオレはボールに飛びついた。

「ナイス！　ジュンタロウくん。これをオレが田中・ザ・キャッチ！」

「あぶなーいっ！」

オレはボールが窓にあたらないように、せいいっぱい手をのばしたせいで、壁にぶつかりそうになった。

バチーン。

間一髪でボールをキャッチしたが、オレはそのまま校庭に倒れた。

手やヒザが痛い。どこかすりむいたかもしれなかった。

でも、スリッパであとからきたユウナがプリンをだっこしている姿を、倒れたまま見て、無事をかくにんしてほっとした。

「田中くん、だいじょうぶ？」

おいついたユウナが、心配そうにかけ寄ってきてくれた。

「ごめんね、田中くん。わたしがプリンを逃がしちゃったせいだよ」

「いやいや、そんなことないよ。ユウナのせいじゃないだろ」

なんていいながら、立ちあがろうと、オレは左手をついた。

「痛たたたっ」

左手に、強い痛みが走る。

校庭に倒れたときに、どうやら左手をひねったみたいだった。

「まさか田中くん、左手をけがしたの？」

「いやいや。こんなの、だいじょうぶさ」

「やっぱり、わたしのせいだよ」

「そんなことないってば」

「だってプリンを逃がしちゃったのはわたしだもん。わたしが、ぼーっとして、ひもから手をはなしちゃったから。ごめんね。本当にごめんね」

まじめなユウナはひどく責任を感じたみたいで、オレにあやまりつづけた。

＊

その日の夜。

夕食を食べ終わったころに。

オレは団地でばあちゃんとふたりで暮らしているんだけど、その団地の玄関のチャイムが鳴って、うちにお客さんがやってきた。

ばあちゃんと一緒に、玄関にでると。

「田中さん。食太くんも。今回は、本当に、すみませんでした」

そこには泣きはらした顔のユウナと、ひたすらあやまるユウナの母さんがいた。

「うちのユウナが、田中くんにけがをさせたみたいなんです」

え？

それは、ちがう。

と、オレはばあちゃんにいおうとしたんだけど、ユウナの母さんが先に口をひらいた。

「犬をはなしてしまったのが原因だそうで。ひとに迷惑をかけるのであれば、もう犬を飼うことは許しませんと、さっきこの子にも説明をしたんですよ」

え？

オレはおどろいてユウナを見る。

ユウナはじっと、がまんするみたいに下をむいて、ただただだまっているだけだ。

「ユウナ。まさか、あきらめたのか？」

オレの言葉に、ユウナはかたまったままだった。

「なぁ、ユウナ？」

こたえない。

「プリンを飼うことを、まさか、あきらめちゃったのかよ？」

ユウナはやっぱり、オレの声にはこたえなかった。

こたえられないってことは、あきらめたってことなんだろうか？

ユウナは少しだけ顔をあげてから、こういった。

「……田中くん。わたしのせいで、いろいろ迷惑かけて、ごめんね」

本当につらそうな声で、ユウナは大きく頭をさげた。

ユウナの母さんにオレが何度も「ちがうんです」と説明しても、とうとう勘ちがいは解けなかった。

ユウナの母さんは困ったようにつづける。

「ましてや、ユウナは自分の体調も管理できていないんです。自分の管理ができていないのに、ペットの管理はできませんよね」

聞けば、ユウナはやっぱりつかれがたまって、体調をくずしていたんだそうだ。

「なぁ、ユウナ。元気だせよ」

「…………」

あまりにおちこんでいるみたいで、返事はなかった。

「それでは、しつれいします。田中さん、おじゃましました」

ユウナの母さんが玄関のドアをしめて、ふたりは帰った。

オレの言葉は、気持ちは、ユウナにきちんととどいたんだろうか？

ユウナ親子が帰ったあと、オレは自分の部屋にいた。イスに座って考えた。

まずいぞ。

ユウナ、完全におちこんでたな。

プリンを飼えないと母さんにいわれて、そうとうショックだったみたいだ。

ひょっとしたら、プリンを飼うことをあきらめちゃったのかもしれないぞ。

「体調をくずすほどいっしょうけんめいプリンの世話をしたのに、飼えなかったら、ますますショックだよなぁ」

このときオレは、どうにかしてユウナを笑顔にしてやりたいと、強く強く思っていたんだ。


「ユウナやプリンのために、オレができることって、なんだろう?」

しばらく考えたんだけど。

「……ん、『プリン』かぁ？」

オレはいそいでランドセルから1冊のノートをつかみとった。

「デザートはみんな好きだもんな」

これは、むかし学校の管理栄養士をやっていたオレの母さんがのこしてくれた、田中家・秘伝のノートなんだ。給食のレシピや、母さんが研究したレシピが、たくさんのっているオレの宝物だ。

「あまいものって、食べるときっと、笑顔になるよな」

オレは給食マスターだ。

御石井小学校5年1組の、牛乳カンパイ係だ。

そんなオレにできること、それはきっと――給食の時間に、ユウナを元気にしてやることなんだ！

「給食マスターとしてオレが解決するって、オレは約束したじゃないか……っ！」

オレは秘伝のノートをめくり、「プリン」のレシピをさがし始めた。

「あっ。これはいいぞ……っ！」

それからミノルに、電話した。

「なぁ、ミノル。悪いんだけど、明日の朝一番に、家庭科室に集合してくれないか？ ミノルに、どうしても手つだってほしいことがあるんだ」

電話のむこうでふしぎそうな声のミノルに、オレはいった。

「ユウナを元気にするための、作戦開始だぜ！」

*

ユウナがひとりでプリンの世話を始めてから、8日目。

朝一番に学校にきたオレとミノルは、家庭科室にいた。

「はやくきてくれてありがとう、ミノル」

「うん。でも、どうしたの、急に？」

「今日はユウナを元気づけるために、プリンをつくるのを手つだってほしいんだ」

「プリン？」

ミノルは首をかしげた。

「ああ、食べるほうのプリンだね。犬のプリンを思いだしちゃって、一瞬よくわからなかったよ」

なんて会話をしてから、オレはミノルに秘伝のノートを見せた。

「まずはこのレシピを、読んでほしいんだけど」

「うん。えーと、なになに……」

ミノルはレシピの文を声にだす。

「まずは、ケーキのスポンジを焼くときの、まるい大きな型を用意します。大鍋に牛乳3

リットルと、卵30個を……って、田中くん？」

目をパチパチしているミノル。

「あれ？　ぼく、朝はやくてまだ寝ぼけてるのかな？　ユウナちゃんのために、プリンをつくるんだよね？」

オレはうなずく。

「牛乳3リットルに卵30個って、どんだけたくさんつくるつもりなの？」

「たくさんじゃない。ひとつだ」

「ひとつ？」

「誕生日ケーキみたいにばかでっかいプリンをひとつつくって、ユウナをびっくりさせたいんだ」

オレの母さんの秘伝のノートに書いてあったのは、ケーキのまるいスポンジの型を使ってつくる、巨大プリンのレシピだった。

「うわぁ、いいねそれ！　巨大プリンをひとりで食べるのって、ちょっとあこがれるもんねぇ」

「でもな」

オレは左手をミノルに見せた。

「オレ、昨日、プリンが逃げたときに左手をひねっちゃっただろ。まだ痛いんだ。そこで今日は、ミノルにオレの『田中十六奥義』を手つだってほしいんだよ」

「えええっ、ぼくが？」

ミノルは困った顔をする。

「ちょっと待ってよ。ぼくに田中十六奥義は、ぜったいにできないよ」

「手つだってほしいだけだから、だいじょうぶさ。たのむよ、ミノル。おまえがやってくれないと、ユウナを元気にすることができないんだよ」

オレは家庭科室の時計を見あげた。

「じつは、調理にかかる時間も、いまけっこうギリギリなんだよな」

ミノルは少し、悩んだけれど。

「うん。わかった。やってみる」

真剣な顔でうなずいた。

オレはミノルにお礼をいって、手順を説明した。

「なるほど……わかったよ」

いわれたとおりに、ミノルは30個分の卵パックの前に立った。

オレはミノルから少しはなれて、ふたつのボウルをテーブルに置いた。

距離をあけてむかい合ったオレたちは見つめ合い、息をととのえる。

「よっしゃ、ミノル！　さっそくいくぜ！」

「うん！　1・2・1・2のリズムだね？」

うなずいてから、オレは叫んだ。

「牛乳カンパイ係、田中十六奥義のひとつ！」

オレとミノルは、声をそろえた。

「「空かける白いドラゴン☆！」」

ミノルはオレの右手めがけて、白い生卵を投げた。

空かける
白いドラゴン☆

オレはそれをそのままキャッチし、流れる動きで卵をボウルのへりにぶつける。

中身とカラをふたつのボウルに、それぞれ正確にわけた。

「1・2！　1・2！　1・2！　1・2！」

ミノルはだんだんスピードをあげる。


「うりゃりゃりゃりゃりゃりゃりゃりゃりゃーっ！」


オレもミノルに負けないように、右手だけで、卵を次々と割りつづけた。

本当は「空かける白いドラゴン☆」は、自分の左手でとった卵を空中に投げ、そのまま右手でキャッチして割る動きを、超スピードでくりかえす技なんだ。

左手からビュンビュン投げられる白い卵は速く、細長い残像はまるで白いドラゴンのようだ。

けれどもオレはいま、左手をけがしている。そこをミノルに助けてもらうことで、オレはどうにか卵を割りつづけることができた。

「ふー、やったぁ。できたね！」

オレたちはあっという間に、30個の卵を割り終えた。

「よーし、そしたら時間もないし、いっきにすばやくつくろうぜ！」


まずは、フライパンに砂糖と水をいれて、火にかけた。

ふつふつと煮つめていくと、プリンにかける茶色いカラメルソースができあがる。

「ふふふ。本当にプリンの背中の毛の色に似てるね」

フライパンを持つミノルがわらった。

次に、牛乳と砂糖をまぜて、火にかける。

「プリンって、牛乳を使うんだね。ぼく、さっきのレシピを見るまで知らなかったよ」

うなずきながら、オレはなめらかなとき卵をつくっていた。火にかけた牛乳に、それを少しずついれては、かきまぜていく。

この液を何度もザルでこして、トロトロにした。

それから家庭科室にある一番大きなケーキ型にこのプリン液をながしこみ、オーブンで蒸す。

あとはざっくり冷ましてから、冷蔵庫でひたすら冷やせばいい。

「よーし、いいぞ」

オレは巨大プリンを冷蔵庫にいれてから、ミノルに説明した。

「あとは5時間くらい冷蔵庫でこのままにすれば、かたまって完成だ」

「えっ、そんなに長い時間冷やすの？」

オレは家庭科室の時計を見あげた。

「ああ、そうさ。だからミノルには、朝一番にきてもらったんだ。ふたりで奥義を使ったから、だいぶ時間短縮にもなったぞ。ものすごく助かったぜ」

「へへっ。それはよかったよ」

オレがお礼をいうと、ミノルはとくいそうにわらった。

「給食の時間には、ギリギリまにあうぞ。ありがとう、ミノル」

「うん！　きっとユウナちゃん、この巨大プリンを食べたら元気になるよ！」

オレたちは「パチン！」と、ハイタッチをしてよろこんだ。

のだけれど。

「痛たたたた」

「ああっ、しまった！　田中くん、忘れていたよ。こっちは左手じゃないか！」

うっかり左手でやっちゃったから、けっこう本気で痛かった。

「へへ、まぁ、だいじょうぶだよ。これもユウナのためだ。だいじょうぶ」


その日の給食の時間。

ユウナには、あまり食欲がないみたいだった。

考えてみれば、あたり前だ。

体調をくずしている上に、プリンの世話をがんばりすぎてつかれているし、母さんには怒られるし、プリンは飼えなくなりそうだし、オレのけがの責任まで感じているわけだし。

やっぱりユウナは、そうとうおいつめられているんだろう。

給食の時間が終わるころ、オレはユウナに声をかけた。

「そうだ、ユウナ」

「……なぁに、田中くん？」

ユウナは元気なく返事した。

「ちょっとした、プレゼントがあるんだよ。なぁ、ミノル」

「うん」

ミノルはユウナの机の上に、巨大プリンのはいった型をずしんと皿ごと置いた。

それからずいぶん、緊張した感じでしゃべり始めた。

「えー。それでは、いまから、この型を外します」

ミノルの緊張感が、ぱーっとクラス全体に伝わる。

「……いきますっ。せーのっ！」

カパッ。

ぷるん。

「わぁ、なにこれっ！」

お皿にでてきたのは、バースデーケーキみたいに大きなプリン。

ユウナは目を丸くしておどろいた。

「わたし、こんなに大きなプリン、初めて見たよ」

「いいな～」

「うまそう！」

クラスのみんなも目を丸くしてのぞきこむ。

「この1週間のプリンのお世話で、ユウナはそうとうつかれているようにオレには見えたんだよ。体調もくずしちゃったしな。つかれたらさ、あまいものを食べると元気になるんじゃないかと思ってね。ユウナに元気になってほしくて、つくったんだよ」

「田中くん……もしかして、左手をけがしているのに、わざわざプリンをつくってくれたの？」

「おう。ミノルと一緒に、朝一番に学校にきてな」

「へぇ、そうなんだ。田中くん、ミノルくん、ありがとう！」

「うん！」

「なぁ、ユウナ？」

笑顔のユウナに、オレは真剣に尋ねた。


「プリンのこと、好きか？」


「え？」

オレの言葉を聞いたとたん、さーっとユウナの表情が変わった。

笑顔から、なんだかつらそうな表情に。

「なぁ、ユウナ。プリン、好きだろ？」

ユウナの目の前にあるのは、もちろんデザートのプリンだ。

だけど、頭の中にはきっと、子犬のプリンが浮かんでいるはずだ。

「……うん」

ユウナの顔は、うれしいんだかつらいんだか、よくわからない表情になっている。

それからじーっと考えてから。

ユウナはぽつりとこういった。

「田中くん。わたし、プリンのこと、大好きだよ」

ユウナはスプーンを持った。

ひと口、プリンを食べた。少しだけわらった。

もうひと口、食べた。さっきより、わらった。

「田中くん、ありがとう」

プリンを食べ進めるユウナを見て、オレはものすごくうれしかった。

だって、食べれば食べるほど、だんだんユウナは笑顔になっていったんだから。

「わたし、やっぱり、プリンのことが大好きなんだ」

まるで自分でかくにんするみたいだ。

「まだ、約束の10日間がたってないっていうのに。わたし、もう少しで、あきらめちゃうところだったんだね。いま、気がついたよ」

決めた、とユウナはいった。

大きくうなずき、スプーンを置いた。


「わたし、プリンを飼うことをママに許してもらえるまで、あきらめない」


ああ、よかった。

おちこんでいたユウナが、立ちなおってくれた。

それを見たミノルがうれしそうに、オレに耳うちをしてきた。

「さすがは、給食マスターの田中くんだ。給食の時間に、デザートをひとつだすだけで、つかれきっていたユウナちゃんをもとどおり元気にしちゃうなんてね」

「おう！」

などとオレたちが顔を見合わせてわらっていると。

「ねぇ、みんな」

ユウナがクラスのみんなに呼びかけた。

「よかったらこの大きなプリン、みんなで食べない？」

「食べる〜」

「うひょーっ！」

「待ってましたぁ！」

クラスのみんながスプーン片手に、ユウナのまわりに集まってきた。

「あまい！」

「おいしい！」

「あ、ノリオ、配膳用のお玉を使うのは反則だぞ！」

「つなげた特大ストローで遠くから吸うのもダメだぞ！」

クラス担任の多田見マモル先生は、いつものようににこにこと、オレたちのことをただ見守ってくれていた。

＊

その日の放課後。

オレとミノルは、話し合った結果、ユウナの家にいくことにした。

オレたちはまるでスパイ映画みたいにして、壁にはりついてこっそりと、電柱のかげからユウナの家を監視していた。

「田中くん、ユウナちゃんは？」

「お。いまちょうどプリンをつれて、散歩にでかけるところだな」

プリンをつれたユウナが散歩にでかけたのをかくにんしてから、オレたちはユウナの家にむかった。

オレたちがきた目的は、ユウナの母さんと話すことだった。

ユウナのがんばりを、直接ユウナの母さんにオレは伝えたかった。

ユウナがどんなにプリンのことを大事に思っているのかを、どうしても話しにいきたかった。

「田中くん。ぼく、ずっと気になってたんだけど」

どうやらミノルにも、気になることがあるらしい。

「ユウナちゃんのお母さんがどうしてプリンを飼うことにそこまで反対をしているのかを、くわしく聞きたいんだよね」

「ああ、そうだよな」

オレたちはうなずき合うと、緊張しながらユウナの家のチャイムを鳴らした。

すぐにでてきたユウナの母さんに、まずはオレが、ユウナのがんばりを説明した。

急に家におしかけてきたオレの話を、ユウナの母さんはしっかりと聞いてくれたんだ。

それからミノルが、ものすごく緊張した感じでしゃべりだした。

「あ、あああああ、あのあのあのー、すっ、すすすっ、すみませんがががっ」

「ミノル？　緊張しすぎだ」

深呼吸しておちついてから、ミノルがしゃべる。

「あのー、ユウナちゃんがこんなにがんばっているのに、なんでプリンを家で飼うことに反対なんですか？」

「反対？」

ユウナの母さんはふしぎそうにかえしたが、オレにはそれがふしぎだった。

ミノルがつづける。

「そりゃ動物を飼うって、責任のあることですけど、ユウナちゃんは責任を持って立派にお世話をしていると思うんです」

するとユウナの母さんからは、意外なこたえがかえってきた。

「反対している、わけじゃないのよ」

「……ん？」

「わたしは、プリンを飼うことに、反対しているわけじゃないの」

「「え？」」

オレとミノルは顔を見合わせた。

「いや、だって、オレが左手をけがした日の夜、うちにきたときに……」

オレの言葉を、ユウナの母さんはさえぎった。

「賛成を、していないの」

ん？

なんだそれ？

正直、意味がまったくわからなかった。

ぽかんとするオレたちにむけて、ユウナの母さんは話をつづける。

「あさっての土曜日で、約束の10日間がたつわ」

ああ、そうなんだよな。

オレは思わず、ごくりと緊張のつばを飲みこんでしまった。

ユウナの母さんがつくった期限が、とうとうやってきてしまう。

「あさって土曜日のお昼に、わたしたち両親の考えを、ユウナに伝えるつもりなの」

「ユウナちゃんのお母さんとお父さんの考え？」

どうやらユウナの母さんたちには、なにか考えがあるみたいだった。

ユウナは、プリンを、守(まも)れるのかな？

プリンがいなくなっちゃった！

ユウナがプリンの世話を始めて、10日目。

運命の土曜日がやってきた。

自宅でばあちゃんと朝ごはんを食べている間ずっと、オレはソワソワしっぱなしだった。

だって今日のお昼に、プリンを飼っていいのかどうか、結果がでちゃうんだからな。

「三田さんのところのユウナちゃん。犬、飼えるようになるといいわねぇ」

「そうだね、ばあちゃん」

なんて話をしていたら、玄関のチャイムが鳴ったんだ。

朝ごはんのあとのお茶を飲んでいたオレとばあちゃんは、玄関にむかう。

「田中くん、たいへんなの！」

ドアをあけると、かけこんできたのは、ユウナだった。

真っ青な顔で、走ってきたのか息をきらしていた。

「どうした、ユウナ？　まさか……」

いやな予感がした。

「プリンを飼ってはいけないなんて結果が、もうでちゃったんじゃないだろうな？」

ユウナは首を横にふる。

それを見て、オレは大きな声をあげた。

「じゃあ、よかったじゃないか！　父さんと母さんに、プリンを飼っていいっていわれたんだなっ！」

ばあちゃんがおどるようにしてよろこぶ横で、オレはガッツポーズをとった。

ところが。

「ちがうの、田中くん！」

「ふぇ？」

おどるばあちゃんがかたまって、ちょっとまぬけな声をだした。

「ならユウナ。いったいなにがあったんだよ？」

ユウナは泣きそうな声で叫んだ。


「今朝起きたら、プリンが、うちからいなくなってたの！」


「なんだってっ？」

どうやらオレの予想を超えた、かなりの異常事態みたいだ。

オレの頭の中には、チラリとユウナの母さんが浮かんだ。なにか考えがあるってことだったけど、いったいなにを考えてんだ？

「今朝ね……」

ユウナは玄関に立ったまま話し始めた。

「わたしが起きたら、プリンが家のどこにもいなかったの。で、ママがなにか知っているかもしれないから、聞こうと思ったんだけど、ママもいなかったんだ」

「家には、誰もいなかったってことなのか？」

ユウナは首を横にふった。

「ううん。パパはいたんだよ」

だからとうぜん、ユウナは父さんに事情を聞いた。

プリンが見あたらないのは、どうしてなのか。

母さんはどこへいったのか。

父さんに何度聞いても――。

ユウナの父さんは、ふわふわとごまかしたんだという。

「パパ、ぜったいになにかをかくしているんだ。いつもとちがって、そういうしゃべり方だったんだ」

目はどこを見ているのかわかんない感じ。

ユウナと目線を合わせない。

ユウナがいろいろ聞いたって、「うーん」とか「そうだなぁ」とか、きちんとこたえることはない。

「パパがきちんと返事したのって、『プリン、外にいっちゃったんだよなぁ』っていう、ひとり言みたいなつぶやきだけだったんだ」

え？

外にいっちゃった？

「おいおい、それって」

ここまで聞いて、ある考えが思いつき、オレはユウナに聞いてみた。

「もしかしてプリンは、逃げちゃったのか？」

「うん、そうかもしれない……」

このとき。

校庭で下級生をおいかけまわしていたプリンが、オレの頭の中に浮かんだ。

プリンは好奇心が強い子犬だ。

外になにか興味のあるものを見つけて、おいかけ、するりと家から外へと逃げてしまった。そういうことなのかもしれない。

ところが。

「逃げただけなら、まだいいのかもしれないよ」

「え？」

「だって、ママもいないんだから」

ユウナはもっとよくないことを考えているみたいだった。

「ママは、どこかにプリンを捨てにいっちゃったのかもしれない。誰か遠いところに住んでいるひとに、勝手にあげにいっちゃったのかもしれない」

さらによくないことを、ユウナは想像していた。

「それか、10日前に校長先生がいっていたみたいに……」

「なぁ、ユウナ」

オレはユウナの言葉を、途中で強引にさえぎったんだ。

――保健所に相談しにいったのかもしれない。

そんなつらいことを、ユウナにいわせたくはなかったから。

「ユウナ。いますぐ、プリンをさがしにいこうぜ？」

「え？」

「プリンは好奇心が強いだろ？　きっと外の世界に興味を持って、ふらーっと散歩にでちゃったんだよ」

オレはいそいで玄関で靴をはいた。

そばにいたばあちゃんに声をかける。

「ばあちゃん、オレ、いまからプリンをさがしてくるよ」

いいつつ、玄関のドアのノブに手をかけた。

「あ、食太。カサはいいのかい？　テレビの天気予報で、今日はこれから雨だっていってたんだよ」

「ありがとう！　だいじょうぶ！」

オレはユウナと一緒に、くもり空の下、プリンをさがしに走りだした。

＊

団地の階段をおりてすぐ、ユウナが聞いた。

「田中くん、まずはどこをさがそうか？」

「そうだな。やっぱり、学校だよな」

プリンは散歩の途中でぐいぐいユウナをひっぱって、学校にむかっていたくらいだ。自分が暮らしていた場所に戻っているかもしれない。

「ユウナ。ミノルも呼んでから、まずは裏庭をさがしてみようぜ」

「うん！」

途中、ミノルの家に寄った。

「ああ、おはよう、ふたりとも」

きつい寝ぐせがついたミノルは、まちがいなく、いま起きたばかりだった。

オレとユウナは事情を話して、ミノルにもプリンをさがすのを手つだってもらうことにした。

「それはたいへんだ！　準備をするから、ちょっと待っててよ」

ミノルは一度、家にはいった。

が、やっぱり少し寝ぼけていたらしい。

しばらく待つと、ランドセルをせおって一度家をでてから、「あ、まちがえた！」とあわててランドセルを玄関に置きに帰っていった。

「ミノル、いそげ！」

「うん！」

ミノルはいそいで、オレたちのところへと戻ってきた。

が、今度はお父さんの革靴をまちがえてはいてしまい「あ、ぶかぶかだ！」とふたたび玄関に帰っていった。

「ミノル、おちつけ！」

「うん！」

そうしてきちんと靴をはいたミノルが、やっとのことであらわれた。

「ねえ、田中くん」

3人で走りながら、ミノルがいった。

「学校なら、土曜日の午前中は校庭開放をしているはずだよね？」

「ああ。裏庭にプリンがもしいなくても、誰かプリンを見たひとがいるかもしれないよな」

オレたちは期待して、学校へといそいだ。

ところが。

裏庭のどこをさがしても、プリンを見つけることはできなかった。

裏庭どころか、学校中、校舎の外も中もぜんぶさがした。

それでもプリンは、どこにもいなかったんだ。

「うーん、困ったな」

「わたし、校庭にいる子たちに話を聞いてみる」

いいながらユウナは、もう校庭にむかっていた。

「ああ、待てよ、ユウナ！」

ユウナが本気で心配していることが、その動きや表情から、オレにはバシバシと伝わってきていた。

今日のくもり空のせいだろうか、校庭であそんでいる子は少なかった。

それでもオレたちはかたっぱしから、プリンを見なかったかを尋ねていった。

「え、犬？」

「見なかったけど」

結局、学校には、プリンの情報はひとつもなかった。


オレたち3人は正門をでると、御石井市内を走りまわった。

市役所、駅前、スーパーの駐車場。図書館、ゲームセンター、となりの地区の小学校。

神社のさいせん箱の中も見たし、お寺のお墓の裏も見た。中学校や高校の校庭や、消防車のはしごの先も。ペットショップの犬売り場まで、必死になって見たほどだ。

交番にだって聞いてみた。

「おまわりさん。プリン、見ませんでしたか？」

「プリンってスイーツの落としものかい？　ナマモノのお菓子は、届いていないよ」

「プリンは犬です。茶色と白の犬なんです。プリンは、届いていませんか？」

「え、犬？　ナマモノ（生物）じゃなくて、イキモノ（生物）なの？」

おまわりさんに聞いたって、やっぱりプリンは見つからない。

プリーーッ
プリーーッ
プリーー!!
市立御石井小学
御石井駅
Oishii Sta.
プリ…

プリンのほえる声すら聞こえないし、毛の1本だって見つからなかった。

「どこにも、いないね」

「くそぉ！　おーい、プリン！　どこにいるんだよ！」

さがすうちに、オレたちは川沿いの散歩道にやってきた。

草の生えた河原をさがしながら、ユウナはつぶやく。


「やっぱり、ママがどこかにつれていっちゃったんじゃないのかな……」


オレたちは御石井市内の思いつく限りの場所をさがしたけれども、結局プリンは見つからなかった。

その上、悪いことには。

「あ、雨だ」

ばあちゃんのいっていたことは正しかった。

ぽつ・ぽつ・ぽつ・ぽつ。

ぽつぽつぽつ・ぽつぽつぽつぽつ……。

弱いけれども、すぐにはやみそうにない雨が、しずかにあたりをぬらし始めた。

「なぁ、ふたりとも」

オレは走るのをやめた。

「もう、さがすのはよそうぜ」

「「え？」」

「雨が降ってきたから、もう帰ったほうがいいよ。とくにユウナはこの10日間、いっしょうけんめいにプリンの世話をつづけていて、体調をくずしているんだから」

オレはユウナの体調を考えて、ふたりには家に帰ってもらうことにした。

「ミノル。ユウナを家まで送ってやってくれ」

「うん。……あれ？　そしたら田中くんは、どうするのさ？」

「オレ、もうちょっとさがしたいんだ」

「田中くん。わたしもさがすよ」

「ダメだ」

オレはきっぱりといった。

「オレの家にきたユウナの母さんは『自分の管理ができていないのに、ペットの管理はできませんよね』っていっていたんだぞ。これでユウナがカゼなんかひいたら、ぜったいにプリンを飼うことを、許してはくれないぞ」

「うーん……」

オレの意見に、少し困っていたけれど、ユウナは納得してくれた。

「なぁ、ふたりとも」

別行動になる直前に、オレはふたりに尋ねた。

「オレさぁ、なーんか、さがし忘れている場所があるような気がするんだよな」

「さがし忘れている場所？」

「ああ」

1ヶ所、どこか大切な場所を、忘れている気がしてしかたがなかったんだ。

「心あたりは、ないか？」

「うーん」

「どこか、あったかなぁ？」

弱いけれども確実に降る雨の中、オレたちはひたすら考えた。

雨水が顔にあたるのが気にならないほど、オレたちは真剣だった。

「あ、そうか！」

ユウナが声をあげた。

「公園だっ！」

「「え？」」

オレとミノルの視線が、ユウナに集まる。

「さいしょにプリンがいた公園を、まだ見ていないんだよ！」

「ああ、そうえば！　ユウナちゃん、プリンがいたのは公園だっていってたよねぇ！」

ミノルは大きく目をひらいた。

「そこならプリンがいるかもしれないね！」

「よっしゃ！　ふたりとも、オレにまかせとけ！」

プリンは、公園にいる！

オレたちはそう信じて疑わなかった。

「ふたりはすぐに、ユウナの家に帰るんだ」

「うん」

「田中くん。プリンをさがすの、おねがいするね」

オレはどんどん強くなっていく雨の中、ひとり、公園へとダッシュした。

*

オレはかなり期待をして、公園にかけこんだ。

公園にプリンはいなかった。

だいぶ強くなった雨をあびながら、オレは公園中をひたすらさがした。

しかしユウナとリノちゃんがプリンを見つけた公園には、この強くなってきた雨の中、プリンどころか、ひとだってひとりもいなかった。

「あーあ、いったいどこにいっちゃったんだよ」

……もしかして校長先生のいっていたように、ユウナの母さんは保健所にプリンをつれていってしまったんじゃないだろうか？

オレの頭の中は、いやな予感でいっぱいだった。

正直いって、弱気になっていたんだ。

いつまでさがしてもプリンが見つからないことで、さすがにオレはおちこんでしまっていた。

「ああ、もう！　プリン、どこにいるんだよ！」

大きな声で叫んだ、そのとき。

「田中くんっ」

返事をしたのは、もちろんプリンじゃない。

「あ、リノちゃん」

雨の中、カサとタオルを手に、リノちゃんがきてくれた。

「ユウナちゃんから連絡があって、たのまれたの。カゼをひかないように、田中くんにカサとタオルを持っていってほしいって」

「ああ、ありがとう……へーっくしゅん！」

「あ。ちょっとおそかったかなぁ」

オレは受けとったタオルで坊主頭をガシガシふいてから、リノちゃんの持ってきてくれたカサを借りた。

「はぁ……」

オレは大きなため息をついた。

すると。

「田中くん、もしかして、プリンをさがすのあきらめちゃった？」

「え？」

心のどこかでそう思っていたのかもしれない。

オレは言葉につまってしまった。

「プリンはさいしょ、わたしたちがドッグフードを準備しても、食べてくれなかったでしょ？」

「ん？　ああ、そうだね」

急にいったいなんの話が始まるのか。

よくわからずに、オレはだまって聞くことにした。

「でも、田中くんがリンゴを用意したり、野菜をトッピングしたりして、食べてくれるようになったじゃない？　それってね、きっとプリンが、田中くんのことを信じてくれたっていうことだと思うの」

「ああ、たしかにそうだよな」

食べるって、きっとそういうことだ。

それはひとでも動物でも、そんなに変わらないことなんだろう。

「だからね、プリンが田中くんを信じてくれたみたいに、今度は『プリンは帰ってくるぞ』って、田中くんが信じてあげるといいんじゃないかな？」

「……ああ、そうか」

「そうそう！」

「そうだ。そうだよな」

オレは自分にいい聞かせるように、何度もうなずいた。

それからリノちゃんはこういった。

「田中くん、いますぐユウナちゃんの家に戻ったほうがいいと思うの」

「え？　いや、でも、まだプリンが見つかっていないし……」

「さっき連絡がきたときのユウナちゃん、すごく元気がなかったんだよ。たよりになる田中くんが一緒にいてあげたほうが、ユウナちゃん、安心するんじゃないかな？」

リノちゃんは胸をはった。

「プリンはわたしがさがしておくから、ね？」

オレはちょっとだけ考えてから、「おう！」とかえした。

「リノちゃんを信じて、プリンをさがすのはまかせるよ」

オレはリノちゃんに手をふって、ユウナの家へむかった。

「カサとタオル、ありがとうな！」

「うん！」

*

ユウナの家に到着すると。

「おや？」

玄関前で、ユウナとミノルが雨やどりをしているのが見えた。

「どうしたんだ、ふたりとも？」

カサをたたんで、オレはふたりにかけ寄った。

ユウナが困ったように返事する。

「今度はうちのパパまで、でかけちゃったみたいなんだ」

「いくら『ピンポーン』ってやっても、返事がないよ。ひょっとしたら、寝てるのかな？」

ふたりは雨がひどくなる前になんとか家までたどりついたけど、家には誰もいないみたいで、しかたなく玄関先で雨やどりをしていたんだそうだ。

ふと見ると。

ユウナは、おちこんだ表情になっていた。

「田中くん。……プリンは公園にも、いなかったんだね」

「ああ」

聞かれてオレは、ものすごくもうしわけない気持ちになった。

「……ゴメン。オレ、プリンを見つけられなかった」

「あやまらないでよ。田中くんのせいじゃないんだから」

オレもミノルも、なんといってよいかわからず、おちこんだユウナと3人、ただただだまって雨やどりをするしかなかった。

すると。

「おやおやおやっ？」

ちょっととぼけた、のんきな声と一緒に、ユウナの父さんがあらわれた。

外に用事があったのか、カサをさし、もう片方の手にはなぜだか近所のケーキ屋の紙の箱を持っていた。

「ねぇ、パパ！　プリンはどこっ？」

カサもささずにかけよるユウナ。

「まさかママが、どこかにつれていっちゃったの？」

ユウナの父さんはこたえた。

「うーん。それはナイショって、ママからいわれてるんだよなぁ」

「やっぱり！　ママがどこかにつれていっちゃったんだ！」

ユウナは涙目で叫んだ。

「ひどいよ！　ママはプリンを、どこにつれていっちゃったの？　遠くに捨てにいったの？　誰かにあげちゃったの？　パパは、ママが『プリンは要りません』っていうのを聞いたときに……」

ユウナは少しまよったけれど、はっきりと父さんにこう尋ねた。

「まさかプリンを殺しちゃってもいいって思ったのっ？」

ユウナの父さんは、ちょっと困った顔をした。

「パパとママが、そんなひとだったとは思わなかった！」

「んー、まー」

それから、気になることをいう。

「だいぶ誤解があるみたいなんだけど……」

「……え、誤解？」

オレは首をかしげた。

「なぁ、ユウナ」

ユウナの父さんは、かくにんするように聞いてきた。

「プリンがいなくなっちゃったら、さみしいかい？」

「あたり前だよ！」

「ものすごく、さみしい？」

「そうだよ、さみしいに決まってるよ！」

「ふーむ」

それからユウナの父さんは、意外にも厳しいことを聞いてきた。

「でも、ユウナ……」

「いつかプリンがいなくなっちゃうってことを、ユウナはわかってるかい？」

「え？」

ユウナは意外な質問に、言葉がでなかった。

「いいかい、ユウナ。犬の寿命はね……」

「え、寿命っ？」

急に重い話が始まり、ユウナはおどろく。

「だいたい10年から15年くらいといわれているんだ。ユウナ、たとえば10年後、21歳になった自分を想像できるかい？　そのとき、ひょっとしたら、プリンの寿命がくるかもしれない。いつかはかならずくるものなんだ。それを、想像できるかい？」

「そんなの……」

ユウナはこたえた。

「そんなのわからないよ」

「そうか、わからないか」

ユウナの父さんは、少し残念そうな顔をした。

「でもね」

ユウナはしゃべり始める。

「わたしが毎日ごはんを用意したら、プリンは毎日おいしそうに食べてくれたんだ。プリンはわたしを信じてるんだ。だから食べてくれたんだ。プリンはもう、わたしの大事な家族なの！」

本当に真剣に、ユウナはつづけた。

「だから、10年後も15年後も、そのあとも、家族だってことは変わらないんだよ！」

「そうか。そうだねぇ」

ユウナの父さんはうれしそうに返事した。

おかわりいっぱいあるよ
メガドッグフー丼
完食・・・
できる！犬の飼い方
ポテチ
の味
犬
PERFECT BOOK

「パパもユウナが生まれたとき、ユウナと同じようなことを思ったな」

「パパ？」

「ユウナが初めてパパのつくったごはんを食べてくれたときのこと、パパはいまでもはっきり覚えているよ。この子を大事に育てていこうって、パパは心から思ったんだ。ユウナがプリンをそれくらい大事に思っているってわかって、パパはいまとてもうれしいよ」

ユウナの父さんはにこにこしている。

オレもミノルも、ユウナの父さんの話を真剣に聞いていた。

「この10日間、ユウナがいっしょうけんめいプリンのことを考えていたように、パパとママもいっしょうけんめいユウナのことを考えていたんだ。プリンを飼うことが、はたして本当にユウナのためになるのかなってね」

「……パパ？」

「どうやら、パパとママの考えに、まちがいはなかったみたいだ」

ユウナの両親の考え。

それは——。

「あらあらー？」

いままでのふんいきをガラリと変える、明るい声が聞こえてきた。

「みんな、こんな雨ふりの玄関前で、いったいなにを話しこんでいるのよ？」

「あーっ、ママ！」

右手でカサをさしたユウナの母さんが、どこかから帰ってきた。

ただし、ユウナの母さんは、ひとりで帰ってきたわけではなかった。

オレとユウナとミノルの視線が、１ヶ所に集まる。


「「あーっ、プリン！」」

ふるえるプリンが、ユウナの母さんの左手にだっこされていた。

「プリン、無事だったんだね！」

ユウナがかけ寄り、プリンを受けとる。

ちぎれるんじゃないかってくらいにしっぽをふって、プリンはユウナのほほをなめた。

「ママ、プリンをつれて、どこにいってたのよ！」

ユウナは強く聞いた。

このときオレは、プリンのある変化が気になっていた。

「なぁ、ユウナ」

オレはプリンの首を指さす。

「これ、首輪だぞ」

「え？」

プリンの首輪を見つけたユウナは目をパチパチさせていた。オレとミノルは顔を見合わせ、こっちはにこにこがとまらなかった。

だって、首輪を買ったってことはさぁ……っ！

「あー、つかれたわ。ひとでも犬でも、土曜日の午前中のお医者さんは、ずいぶん混雑するのねぇ。その上、初めての病院で、プリンはガタガタふるえちゃうし」

「病院？」

ユウナはふしぎそうに母さんを見あげた。

ユウナの両親が会話を始める。

「ママ、ありがとう。で、どうだった？」

「獣医さんからいろいろ説明を聞いて、予防接種の注射もうってもらったわ。あとは御石井市役所に、提出する書類があるみたいよ」

「ママ！　もしかして？」

両親の会話に割りこむように、待ちきれないユウナが声をあげた。

「わたし、プリンを飼っていいの？」

ユウナの母さんは、にこりとわらった。

「ええ、いいわ」

ユウナは本当におどろきすぎて、声もでないほどだ。

「だってママはそのために、朝はやくから獣医さんのところで、いろいろお話を聞いてきたんだから」

「どうして？　ママはプリンを飼うのには反対だったじゃない？」

「反対はしてないわ」

「え？」

「賛成じゃなかっただけ」

ここで。

ユウナの母さんの考えが、ユウナに伝えられたんだ。

「ママもね、ユウナくらいの年に犬を飼ってたことがあるの。ママだってユウナと一緒で、犬が大好きだから。でもね、その犬は、病気ですぐに死んじゃったのよ」

「えええ、かわいそう……」

プリンをぎゅっとだいて、ユウナは話を聞く。

「それから小学生だったママは、ものすごーくおちこんじゃったのよ。本当につらくて、毎日の生活も、信じられないくらいになんだか暗くなっちゃったの。だから、そういうつらい思いを、小学生のユウナにはさせたくなくて、プリンを飼うことになかなか賛成できなかったのよね」

「そうだったんだ……」

ユウナは初めて聞いた話に、おどろいていた。

「でもね、ユウナ。ちゅうとはんぱな気持ちで、プリンを飼うんじゃないんでしょ？」

「うん……っ！」

「なら、あたらしく増えた家族のために、この10日間みたいに、いっしょうけんめいがんばりなさい」

ユウナの母さんは、にこりとわらった。

「あ。自分の体調をくずすほどがんばったらダメよ？」

「うん！　ママ、ありがとう！」

それからユウナの母さんが、オレたちに呼びかけた。

「パパがケーキ屋さんでプリンを買ってきてくれてるから、家にはいって食べましょう」

そういうと、ユウナの父さんが持っていたケーキの箱を軽く持ちあげた。

「田中くんも、ミノルくんも、よかったら一緒に食べていってくれよ」

「はい！」

「ありがとうございます！」

オレとミノルは頭をさげた。

「あ、そうだ！」

頭をあげたオレは、カサをさして道路へむかう。

「田中くん？」

「どうしたの？」

ユウナとミノルがふしぎそうに声をあげた。

「リノちゃんがいま、公園でプリンをさがしてくれてるんだ。オレ、呼んでくる！」

オレが公園にダッシュする、直前に。

「田中くん！」

プリンをだっこしたユウナが、オレを呼びとめた。

「わたし、この前の給食の時間に田中くんが巨大プリンをつくってくれていなかったら、きっと、あきらめちゃってたと思うんだ」

「……ユウナ」

「給食の時間のあのプリンのおかげで、わたし、がんばれた気がするんだよ」

「へへ、それはよかったよ」

「わたし、本当におちこんでたときにつくってもらったあのプリンのおいしさは、ずーっと忘れないと思う」

ユウナはオレに頭をさげた。

「田中くん、本当に、ありがとう！」

「わん！」

プリンまで、オレにお礼をいってるように聞こえたよ。

＊

次の月曜日の、帰りの会で。

「……といった、いろんなできごとがありまして」

ユウナは多田見先生にお願いして、スピーチの時間をもらった。

家で準備してきた手紙を、みんなの前で読んでいた。

「田中くんたちのおかげで、わたしはプリンを家で飼うことができるようになりました」

まじめなユウナは「みんなに心配をかけたから」と、プリンを飼えるようになるまでの話を、クラスのみんなにどうしても伝えておきたかったらしい。

「クラスのみんなにはいろいろ心配してもらいました。本当に、どうもありがとうございました」

ユウナの手紙が終わると。

「よかったね！」

「今度あそびにいくからプリンを見せてよ！」

クラスのみんなは口々に声をあげた。

「うん、ありがとう！」

ユウナが頭をさげると、教室はみんなの拍手でいっぱいになった。

さようならのあいさつのあとで。

オレが教室をでると。

「待って、田中くん」

おいかけてきたユウナは「ちょっときてよ」とオレを家庭科室につれていった。

「ユウナ、どうしたんだよ？」

家庭科室にはいると、ユウナは冷蔵庫をあけた。

「これ、田中くんにつくったんだ」

ユウナが冷蔵庫からとりだしたのは、6つのプリンだった。

透明のガラスのカップにはいっていて、下にはカラメルソースの茶色も見える。

「プリンを飼うために、本当にいろいろ助けてもらったお礼だよ」

日曜日に家でつくったプリンを、今朝、家庭科室の冷蔵庫にいれていたらしい。

「へえ、ユウナがつくったのか。すごいな」

「田中くんみたいにうまくできたかわからないけど、よかったら食べてよ」

オレは本当に感謝して、プリンを食べようとスプーンを持った。

「……あ、そうだ」

オレはスプーンを置いた。

「どうしたの、田中くん？」

「ユウナ、カンパイしようぜ」

オレはプリンをひとつ、ユウナにわたした。

「カンパイって、田中くん？」

ユウナは首をかしげた。

「プリンでカンパイするの？」

「ああ。だってプリンって、牛乳をたくさん使うだろ？」

「あ、そうか。そういえばそうだね。ふふふ」

ユウナはにこにこと、プリンのカップを持った。

「それでは、いきますっ」

オレはプリンを、高く持ちあげた。

「ユウナのプリンに、カンパイッ」

カチリ。

かたいカップがぶつかる音が、家庭科室に小さく聞こえた。

「ユウナ。このプリン、本当にうまいよ」

「ふふ。ありがとう」

オレがどんなに料理がとくいでも、きっとこの味は、いまのユウナにしかつくれない。
幸せなユウナが心をこめてつくってくれたから、こんなに幸せな味がするんだろうな。

オレはあたたかい気持ちで、プリンを食べつづけながら、そんなことを考えた。

この物語はフィクションです。実際に食事をする際は、食品のアレルギーなどに十分に注意してバランスのいい食事を心がけましょう！

牛乳カンパイ係、田中くん

捨て犬救出大作戦！ユウナとプリンの10日間

並木たかあき 作

フルカワマモる 絵

ファンレターのあて先
〒101-8050 東京都千代田区一ツ橋2-5-10 集英社みらい文庫編集部
いただいたお便りは編集部から先生におわたしいたします。

2018年4月30日 第1刷発行

発 行 者 北畠輝幸
発 行 所 株式会社 集英社
〒101-8050 東京都千代田区一ツ橋2-5-10
電話 編集部 03-3230-6246
読者係 03-3230-6080
販売部 03-3230-6393（書店専用）
http://miraibunko.jp
装　　丁 高岡美幸（POCKET） 中島由佳理
印　　刷 図書印刷株式会社 凸版印刷株式会社
製　　本 図書印刷株式会社

ISBN978-4-08-321431-8 C8293 N.D.C.913 186P 18cm

「作家になりたい」
そんな想いで中学生のころからみらい文庫大賞に
応募していたぼくの夢がついに叶います。
どんな困難にも立ちむかっていけるのは
いっしょに戦う仲間がいるから。
ゴールをめざして突っ走る6年1組のみんなの
アツい気持ちがたくさんの人にとどきますように。
みなさん読んでください。

河端朝日

この物語は、みらい文庫大賞に応募してきた
19歳の青年のデビュー作です。

FC6年1組

一斗と純のキセキの試合

予価:本体640円＋税　作 河端朝日　絵 千田純生

2018年
6月22日(金)発売!!

シリーズ絶賛発売中!!

イラスト・フルカワマモる

5月25日(金)発売!

実況! 空想サッカー研究所
もしも織田信長がW杯に出場したら
作・清水英斗

実況! 空想サッカー研究所
もしも織田信長が日本代表監督だったら
作・清水英斗

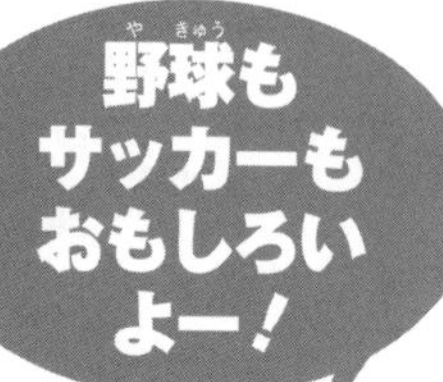

実況! 空想野球研究所
もしも織田信長がプロ野球の監督だったら
作・手束 仁

空想研究所

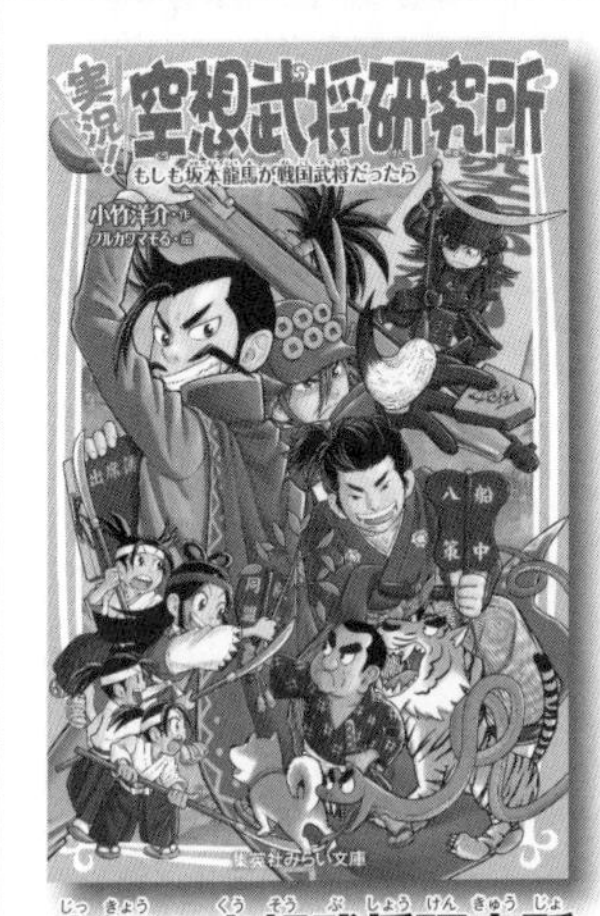

実況！ 空想武将研究所
もしも坂本龍馬が戦国武将だったら
作・小竹洋介

実況！ 空想武将研究所
もしも織田信長が校長先生だったら
作・小竹洋介

実況！ 空想武将研究所
もしもナポレオンが戦国武将だったら
作・小竹洋介

「みらい文庫」読者のみなさんへ

言葉を学ぶ、感性を磨く、創造力を育む……、読書は「人間力」を高めるために欠かせません。

たった一枚のページをめくる向こう側に、未知の世界、ドキドキのみらいが無限に広がっている。

これこそが「本」だけが持っているパワーです。

学校の朝の読書に、休み時間に、放課後に……。いつでも、どこでも、すぐに続きを読みたくなるような、魅力に溢れる本をたくさん揃えていきたい。読書がくれる、心がきらきらしたり胸がきゅんとする瞬間を体験してほしい、楽しんでほしい。みらいの日本、そして世界を担うみなさんが、やがて大人になった時、「読書の魅力を初めて知った本」「自分のおこづかいで初めて買った一冊」と思い出してくれるような作品を一所懸命、大切に創っていきたい。

そんないっぱいの想いを込めながら、作家の先生方と一緒に、私たちは素敵な本作りを続けていきます。「みらい文庫」は、無限の宇宙に浮かぶ星のように、夢をたたえ輝きながら、次々と新しく生まれ続けます。

本を持つ、その手の中に、ドキドキするみらい――。

本の宇宙から、自分だけの健やかな空想力を育て、〝みらいの星〟をたくさん見つけてください。

そして、大切なこと、大切な人をきちんと守る、強くて、やさしい大人になってくれることを心から願っています。

2011年　春

集英社みらい文庫編集部